Maggie Cox
Perdida en el pasado

H HARLEQUIN™

Editado por HARLEQUIN IBÉRICA, S.A.
Núñez de Balboa, 56
28001 Madrid

© 2011 Maggie Cox
© 2014 Harlequin Ibérica, S.A.
Perdida en el pasado, n.º 2289 - 12.2.14
Título original: The Lost Wife
Publicada originalmente por Mills & Boon®, Ltd., Londres.

I.S.B.N.: 978-84-687-3946-5
Depósito legal: M-34266-2013
Editor responsable: Luis Pugni
Fotomecánica: M.T. Color & Diseño, S.L. Las Rozas (Madrid)
Impresión en Black print CPI (Barcelona)
Fecha impresion para Argentina: 11.8.14
Distribuidor exclusivo para España: LOGISTA
Distribuidor para México: CODIPLYRSA
Distribuidores para Argentina: interior, BERTRAN, S.A.C. Vélez
Sársfield, 1950. Cap. Fed./ Buenos Aires y Gran Buenos Aires,
VACCARO SÁNCHEZ y Cía, S.A.

Capítulo 1

AILSA corrió hacia la ventana cuando escuchó el suave ronroneo del motor de un coche. El elegante todoterreno plateado de su exmarido se detuvo frente a la casa. Estaba cubierto por varias capas de gruesa escarcha. Efectivamente, los cristalinos copos caían inexorablemente del cielo, como si lo hicieran a través de un colador divino.

No había dejado de nevar en todo el día. Ailsa habría sucumbido a la magia de aquel ambiente invernal si no hubiera estado tan preocupada porque Jake le devolviera a su hija sana y salva. Vivir en la campiña inglesa podría resultar idílico hasta que el severo tiempo invernal atacaba las estrechas carreteras y las convertía en traicioneras pistas. Permaneció esperando con la puerta abierta mientras que el conductor salía del vehículo y se dirigía por el nevado sendero hacia ella.

No era Alain, el elegante chófer francés al que había estado esperando. Normalmente, era el conductor de Jake el que llevaba a Saskia a su casa después de pasar una quincena con su padre en Londres, o desde el aeropuerto cuando Jake estaba trabajando en Copenhague y la pequeña residía allí con él. Cuando Ailsa vio que eran unos acerados ojos azules, tan familiares, los que la contemplaban a través del manto de nieve, sintió que el corazón se le detenía.

–Hola –dijo él.

No había visto el rostro de su exmarido desde hacía

mucho tiempo, desde que su chófer se había convertido en un fiable mensajero entre ellos. Descubrió que el impacto de ver aquellos rasgos esculpidos, inolvidables, no había disminuido ni siquiera remotamente. Jake siempre había tenido la clase de atractivo masculino conseguido sin esfuerzo alguno y que garantizaba más interés por parte de las féminas por dondequiera que fuera, incluso con la cruel cicatriz que le recorría la mejilla. En realidad, aquella cicatriz conseguía que su rostro fuera aún más memorable y turbador, no solo porque una herida tan horrible hubiera marcado la belleza de su cara, sino porque verla aceleraba los latidos del corazón de Ailsa al recordar cómo se había producido.

Durante un instante, se perdió en la oscura caverna de la memoria. Entonces, se dio cuenta de que Jake la miraba fijamente, esperando a que ella le devolviera el saludo.

–Hola... hace mucho tiempo, Jake –dijo. Entonces, mientras hablaba, pensó que él debería haberle advertido de que habría un cambio de planes–. ¿Dónde esta Saskia? –añadió, sobresaltándose.

–Llevo llamándote todo el día, pero no había cobertura. ¿Por qué demonios se te ocurrió vivir aquí, en medio de la nada? No puedo entenderlo.

Ailsa decidió no prestar atención a la irritación de su voz. Se apartó el cabello del rostro y se cruzó de brazos. Se había quedado helada por el frío de la noche y por el aire gélido que la había golpeado con solo abrir la puerta.

–¿Ha ocurrido algo? ¿Por qué no está Saskia contigo? –preguntó mirando con ansiedad hacia las ventanas del coche con la esperanza de ver el hermoso rostro de su hija asomándose por una de ellas. Cuando se dio cuenta de que el coche estaba completamente vacío, sintió que las rodillas se le doblaban.

–Por eso he estado intentando hablar contigo. Quería

quedarse con su abuela en Copenhague durante unos días. Me suplicó que la dejara quedarse hasta Nochebuena y yo accedí. Como ella estaba muy preocupada de que tú te disgustaras por ello, yo accedí a venir hasta aquí para darte la noticia. Había oído que el tiempo sería malo, pero no tenía ni idea de hasta qué punto.

Se sacudió con impaciencia la nieve que le cubría el rubio cabello, pero los copos volvieron a cubrirlo inmediatamente, por lo que su gesto fue inútil. Durante un largo instante, Ailsa trató de encontrar las palabras necesarias para responder. La sorpresa y la desilusión se apoderaron de ella mientras pensaba en todos los planes que había hecho hasta Navidades para estar con su hija, unos planes que acababan de esfumarse.

Iban a hacer un viaje muy especial a Londres para ir de compras. Se alojarían en un bonito hotel para poder ir al teatro y salir a cenar. El día anterior, había llegado el abeto noruego que ella había encargado y que se erguía vacío y solitario en el salón, esperando que alguien lo decorara con las brillantes bolas que lo transformarían en el emblema mágico de aquella época del año. Madre e hija iban a decorarlo juntas, cantando villancicos. Para Ailsa, resultaba inconcebible que su adorada hija no fuera a regresar a casa hasta el día de Nochebuena.

Para Ailsa, aquellos días servirían ya únicamente para recordarle lo sola que se encontraba sin la familia con la que siempre había soñado. Jake y Saskia. Francamente, casi no había podido superar los últimos siete días sin la presencia de su hija.

—¿Cómo me puedes hacer algo así? ¿Cómo? ¡Tu madre y tú ya la habéis tenido una semana! Supongo que sabrás que contaba con que me la devolvieras hoy.

Los anchos hombros se encogieron lacónicamente bajo el elegante abrigo negro.

—¿Por qué niegas a nuestra hija la oportunidad de estar con su abuela cuando hace tan poco perdió a su marido? Saskia la anima como nadie más puede hacerlo.

Ailsa no dudaba de las palabras de su exmarido, pero aquello no hacía que la ausencia de su pequeña fuera más fácil de soportar. A pesar de la frustración, sentía un nudo en el corazón al pensar en el fallecimiento del padre de Jake. Jacob Larsen padre fue un hombre imponente, incluso un poco intimidante, pero siempre la había tratado con el mayor de los respetos. Cuando Saskia nació, no escatimó en elogios y proclamó a su nieta como la niña más preciosa del mundo.

A su hijo debía de resultarle muy duro su fallecimiento. La relación entre ambos había tenido sus altibajos, pero a ella nunca le había quedado duda alguna de que Jake adoraba a su padre.

La nieve que caía se estaba transformando rápidamente en ventisca, lo que acrecentó aún más la tristeza y la desolación que ella sentía.

—Siento mucho la muerte de tu padre... era un buen hombre, pero yo ya he soportado la ausencia de Saskia durante demasiado tiempo. ¿Es que no puedes comprender que la quiera a mi lado cuando falta tan poco para la Navidad? Había hecho planes...

—Lo siento mucho, pero a veces, tanto si nos gusta como si no, los planes tienen que cambiar. El hecho es que nuestra hija está a salvo con mi madre en Copenhague y tú no tienes necesidad alguna de preocuparte –dijo él. Entonces, contuvo el aliento y señaló hacia la carretera–. La policía había cortado la carretera para que los conductores no pasaran a menos que fuera absolutamente necesario. Me dejaron venir porque les dije que te volverías loca de preocupación si no llegaba a la casa para decirte lo de Saskia. He llegado por los pelos, a pesar de venir en un todoterreno. Estaría loco si tratara de regresar al aeropuerto esta noche en estas condiciones.

Como si se estuviera despertando de un sueño, Ailsa se dio cuenta de que Jake parecía estar congelado allí de pie. Unos minutos más y aquellos hermosos labios se pondrían azules. A pesar de que la perspectiva de pasar tiempo con su exesposo le resultara complicada, no podía hacer otra cosa más que invitarle a pasar, ofrecerle algo caliente para tomar y acceder a proporcionarle alojamiento para pasar la noche.

–En ese caso, lo mejor será que entres.

–Gracias por hacerme sentir tan bienvenido –replicó él con ironía.

Aquella respuesta hizo que Ailsa se sintiera muy mal. El divorcio de ambos no había sido exactamente beligerante, pero al producirse menos de un año después de que sufrieran el terrible accidente de coche que les arrebató al segundo hijo que tanto anhelaban, tampoco había sido amistoso. Habían intercambiado palabras corrosivas y amargas que les habían llegado hasta el alma. Sin embargo, incluso en el presente, pensar en aquellos horrendos momentos y en cómo su matrimonio se había deshecho tan sorprendentemente quedaba sumido en las sombras del recuerdo porque ella había estado paralizada por el dolor y la tristeza.

Llevaba cuatro largos y duros años viviendo sin Jake. Saskia tenía apenas cinco años cuando se separaron. Las preguntas de su pequeña sobre la marcha de su padre aún turbaban los sueños de Ailsa...

–No quería resultar grosera –replicó ella a modo de disculpa–. Simplemente estoy un poco disgustada. Eso es todo. Entra y te prepararé algo para tomar.

Jake entró en el pasillo. El aroma familiar de su carísima colonia produjo un efecto inmediato en el vientre de Ailsa y lo hizo contraerse. Respiró profundamente para tranquilizarse y cerró la puerta.

La casa era encantadora. Jake jamás había estado en

ella. Se empapó del acogedor ambiente y observó las paredes pintadas de lila y adornadas con láminas de flores y fotografías de Saskia. En la pared que había junto a la escalera de roble, daba la hora plácidamente un reloj, una placidez que a él parecía negársele constantemente.

Aquella pequeña y antigua casita le parecía un hogar más real que el lujoso ático que tenía en Westminster para cuando estaba en Londres e incluso más que la elegante casa en la que vivía cuando residía en Copenhague. Solo la casa de su madre, que estaba en las afueras de la ciudad, podía igualar a la de Ailsa en comodidad y encanto.

Cuando ella adquirió la vivienda, justo después de que se separaran, Jake se había sentido muy molesto por el hecho de que ella se negara a que él le comprara algo más espacioso y espectacular para Saskia y ella. Ailsa le había respondido que no quería una casa espaciosa y espectacular, sino una en la que pudiera sentirse en su hogar.

Jake recordó que la casa de Primrose Hill, que los dos compraron cuando se casaron, había dejado de ser un hogar para cualquiera de los dos. El amor que tan apasionadamente habían compartido había sido destruido por un cruel accidente...

–Dame el abrigo.

Jake hizo lo que ella le había pedido. Cuando se lo entregó, no pudo evitar que sus ojos quedaran prendados un instante con la luz dorada de aquellos ojos color ámbar tan extraordinarios. Siempre se había sentido hechizado por ellos y así seguía siendo. Notó que ella apartaba rápidamente la mirada.

–Me quitaré también los zapatos –dijo mientras lo hacía y los dejaba junto a la puerta. Ya se había dado cuenta de que Ailsa llevaba unas zapatillas de terciopelo negro con un lazo dorado en sus minúsculos pies.

–Vamos al salón. Tengo u[...]
muy pronto.

Sin poder comprender sus turbule[...]
Jake guardó silencio y la siguió. Ansia[...]
mano y acariciar los largos mechones ca[...]
le caían por la esbelta espalda, pero decidió que [...]
jor metérsela en el bolsillo para contener el impul[...]

Efectivamente, el salón era un remanso de paz cálid[...]
y confortable. Tenía una buena estufa de hierro forjado
en el centro de la estancia, cuya chimenea se perdía entre las vigas de roble que adornaban el techo. Había dos
sofás de terciopelo rojo cubiertos con colchas y cojines
de colores brillantes y una alfombra tejida en tonos dorados y rojizos. Frente a la estufa, había un sillón y, a
ambos lados de ella, unas estanterías repletas de libros.
Por último, en un rincón, quedaba un abeto muy frondoso que esperaba a ser decorado. Jake sintió que un
fuerte sentimiento de culpabilidad se adueñaba de él.

–Siéntate. Prepararé café... a menos que prefieras un
brandy.

–Ya no toco el alcohol. El café está bien, gracias.

En aquella ocasión, fue él quien apartó la mirada al
ver la perplejidad con la que lo contemplaba Ailsa.

–Café entonces –repuso ella antes de salir del salón.

Jake se acomodó en uno de los sofás y respiró profundamente. Durante un rato, estuvo observando cómo
la nieve caía pesadamente sobre el suelo. Entonces, se
imaginó a su hija jugando sobre aquella alfombra con
sus muñecas y sonrió. La niña estaría hablando incesantemente con sus muñecas, dejando que su ávida imaginación la apartara de un mundo, que, hasta los cinco
años, había sido cómodo y perfecto y que, de repente,
se había transformado irreconociblemente para ella en
el momento en el que se separaron sus padres.

...esado hasta
...rle una aro-
...adecido.

...sonreír, pero

...ó tu padre?
...el otro lado
...elegante, em-
...arina de ballet.
...sus esbeltas ca-
...jersey. Cuando
se sentó en el... ...vitar sentirse de-
cepcionado porque hubie... ...o que se sentara
junto a él. Ella agarraba con sus dedos esbeltos, sin ani-
llos, una taza de té. Jake también se sintió muy decep-
cionado de que ella no siguiera llevado la alianza de
boda. Era otra señal inequívoca que demostraba que su
matrimonio había terminado para siempre. Se protegió
con las defensas que había construido a lo largo de
aquellos cuatro años sin ella.

—Aparentemente, está bien –replicó–, pero la realidad es muy diferente.

En realidad, podría haber estado hablando sobre sí
mismo.

—En ese caso, tal vez sea bueno que Saskia se quede
con ella un poco más. ¿Cuánto tiempo ha pasado desde
que murió tu padre? ¿Seis meses?

—Más o menos –respondió él antes de dar un sorbo
al café. Estaba tan caliente que se quemó la lengua.

—¿Y tú? –insistió ella.

—¿Y yo qué?

—¿Cómo llevas tú la pérdida de tu padre?

—Soy un hombre muy ocupado, con un negocio in-
mobiliario del que ocuparme. No tengo tiempo de pensar en nada que no sea mi trabajo y mi hija.

–¿Quieres decir que no tienes tiempo para echar de menos a tu padre? Eso no puede ser bueno.

–Algunas veces, todos debemos ser pragmáticos –repuso él. Se tensó y dejó la taza sobre una mesa cercana. A continuación, apoyó las manos sobre las rodillas. A Ailsa siempre le había gustado llegar al corazón de las cosas y parecía que, en eso, nada había cambiado. Sin embargo, a él ya no le apetecía hablar con ella de sus sentimientos. Las heridas que aún portaba en el corazón servían para demostrarlo.

–Recuerdo que tú y él teníais vuestras diferencias. Se me había ocurrido que su fallecimiento podría ser una oportunidad para que reflexionaras en las cosas buenas que hubo en vuestra relación. Eso es todo.

–Como te he dicho... He estado demasiado ocupado. Él ya no está y es una pena, pero una de las cosas que me enseñó era a sobreponerme a mis sentimientos y a seguir sencillamente con lo que tengo delante. Al final del día, eso me ha ayudado con los reveses de la vida mucho más que dejarme llevar por el dolor. Si no estás de acuerdo con esa estrategia, lo siento, pero así son las cosas.

Sintió que la ira se apoderaba de él. Dejó a un lado la muerte de su padre y su arrepentimiento por no haber podido mantener con su progenitor una comunicación más fluida, y se recordó que él no era el único que había sufrido en los años que habían pasado desde que terminó su matrimonio. En los cuatro años transcurridos desde el divorcio, Ailsa se había quedado mucho más delgada y las líneas de expresión de su rostro se habían profundizado. Tal vez no le iba tan bien como a él le había parecido. De repente, deseó saber cómo le iba. Saskia le había dicho que su madre trabajaba muchas horas en su negocio de artesanía, incluso en los fines de semana. No había necesidad de que ella trabajara tanto.

El acuerdo de divorcio que él había firmado era muy generoso, tal y como el propio Jake lo había deseado.

Frunció el ceño.

—¿Por qué trabajas tanto? —le preguntó, sin pensar.

—¿Cómo dices?

—Saskia me dijo que trabajas de día y de noche en eso de la artesanía.

—¿En eso de la artesanía? —replicó ella ofendida—. Dirijo un boyante negocio que me mantiene ocupada cuando no estoy cuidando de Saskia, y me encanta. ¿Qué esperabas que hiciera cuando rompimos, Jake? ¿Quedarme sentada con los brazos cruzados? ¿O tal vez esperabas que me conformara con gastar el dinero que me diste en un nuevo y elegante guardarropa cada temporada?

—Me alegra saber que tu negocio va bien —dijo él sentándose muy erguido en el sofá—. Y, con respecto al dinero que te di, puedes hacer con él lo que te parezca. Mientras cuides adecuadamente a Saskia cuando esté contigo, no me importa nada más. He notado que pareces cansada y que has perdido peso... por eso te he preguntado. No quiero que te agotes de ese modo cuando no es necesario.

—No me estoy agotando. A veces parezco cansada porque no duermo muy bien, eso es todo. Me pasa desde el accidente, pero no importa. Trato de descansar siempre que me resulta posible, aunque sea durante el día.

—Te dije hace muchos años que deberías hablar con el médico para que te ayudara a descansar mejor —le dijo él sin poder contenerse—. ¿Por qué no lo has hecho?

—Ya he ido a ver suficientes médicos en mi vida. Estoy cansada y no me apetece ir a ver a ninguno más. Además... no quiero tomar píldoras para dormir para estar como una zombi todo el día. A menos que los médicos hayan descubierto un método infalible para erradicar los recuerdos dolorosos, porque es eso lo que me mantiene despierta por las noches, simplemente tendré que vivir con ello. ¿No es eso lo que tú presumes de hacer?

–¡Dios santo! –exclamó él poniéndose de pie. ¿Cómo se suponía que iba a poder soportar el dolor que escuchó en la voz de Ailsa, un dolor por el que se hacía responsable?

Fueron embestidos por un conductor borracho aquella oscura y lluviosa noche en la que su mundo terminó tan de repente. Sin embargo, Jake debería haber podido hacer algo para evitar el accidente. A veces, por las noches, en lo más profundo de sus torturados sueños, oía los terribles gritos de dolor de su esposa en el coche, junto a él... En sus votos matrimoniales, le había prometido amarla y protegerla siempre, y aquella cruel noche de diciembre había roto todas sus promesas... Solo podía dar gracias a Dios porque Saskia hubiera estado con sus padres en esos momentos en vez de en el coche con ellos. No podía ni siquiera pensar en que su hija hubiera podido resultar herida tan gravemente como su madre.

Decidió que debía de ser masoquista. ¿Por qué había tenido que ir hasta allí para decirle a Ailsa que Saskia se iba a quedar unos días más con su abuela? Fácilmente podría haber hecho que Alain, su chófer, se ocupara de ello. ¿Acaso no era eso lo que él llevaba cuatro años haciendo para que Jake no tuviera que encontrarse cara a cara con la mujer a la que había amado más de lo que nunca hubiera creído posible? ¿Acaso no lo había hecho así para no tener que hablar con ella de temas más profundos que los habían separado aún más que el propio accidente?

Suspiró y se mesó el cabello con los dedos. La única razón por la que iba a quedarse allí era por la tormenta de nieve. En cuanto las carreteras estuvieran practicables de nuevo, se marcharía al aeropuerto y regresaría a Copenhague para estar con su madre y su hija un par de días antes de reincorporarse a su trabajo.

–Tengo una bolsa de viaje en el coche. Me la traje por si acaso. Voy a por ella –dijo mientras se dirigía a la puerta. Al llegar a la salida, se volvió para mirarla–. No te preocupes. Te prometo no quedarme más de lo que sea absolutamente necesario. En cuanto las carreteras estén en condiciones, me marcharé.

Sin esperar a que ella respondiera, Jake salió al exterior.

Ailsa se mordió los labios porque los ojos se le habían llenado de lágrimas.

–¿Por qué? –musitó–. ¿Por qué tiene que venir aquí ahora para volver a removerlo todo? Me va muy bien sin él... Muy bien.

Frustrada por la angustia que se apoderaba de ella siempre que se mencionaba a Jake o al accidente, se levantó y se dirigió hacia el cuarto de invitados para poner sábanas limpias a la cama.

De camino, abrió la puerta del dormitorio de su hija y miró el interior. Las paredes pintadas de rosa estaban cubiertas de pósteres de algunos de sus ídolos adolescentes. Ailsa sacudió la cabeza al darse cuenta de lo rápidamente que estaba creciendo su hija. ¿Sería todo más fácil si Saskia tuviera a su padre y a su madre cuidando de ella juntos en vez de por separado?

Sin poder evitarlo, se preguntó si sería una madre lo suficientemente buena. ¿Estaría fallando a su hija de alguna manera? Tal vez se equivocaba en desear tener una carrera profesional propia para no sentir que dependía de su exmarido. En ese momento, no pudo evitar considerar si no habría sido demasiado egoísta al apartar a Jake emocional y físicamente de ella para conseguir que él terminara pidiendo el divorcio. Debería haber hablado más con él, pero no lo había hecho. La relación entre ambos se había deteriorado tanto que, al final, casi no habían podido ni mirarse el uno al otro.

Al escuchar que la puerta principal se abría para volverse a cerrar, cruzó rápidamente el rellano para dirigirse a la habitación de invitados. La cama doble estaba cubierta por toda clase de telas y lanas de su negocio de artesanía. Lo recogió todo rápidamente y lo amontonó sobre el escritorio que había en un rincón. Decidió que lo recogería al día siguiente. Se aventuraría al pequeño despacho que se había hecho construir en el jardín y que era el lugar donde creaba sus diseños y guardaba el material, y lo colocaría todo adecuadamente. En aquellos momentos, se limitaría a hacer la cama para que Jake pudiera acomodarse.

Mientras desdoblaba las sábanas blancas, notó que las manos le temblaban. Tal vez aquella noche no fueran a compartir cama, pero hacía mucho tiempo desde la última vez que había dormido bajo el mismo techo que su ex. En el pasado habían estado tan unidos, como si ni siquiera Dios pudiera separarlos. A menudo, se había quedado dormida después de hacer el amor entre los brazos de Jake y se había despertado a la mañana siguiente en la misma postura. Sintió una profunda nostalgia por lo que habían perdido. Los recuerdos que la aparición de Jake había hecho resurgir eran tan intensos que parecían ser capaces de ahogarla.

–No importa –musitó para sí–. Solo será una noche. Mañana, se habrá marchado otra vez.

Sin embargo, al mirar por la ventana, comprobó que seguía nevando con fuerza y sintió que se le hacía un nudo en el estómago. Podría ser que se estuviera equivocando...

Jake había subido para darse una ducha y cambiarse de ropa. Ailsa aprovechó la oportunidad para retirarse a la cocina para decidir qué era lo que iba a preparar para cenar. Había pensado preparar un sencillo plato de pasta para su hija y para ella, pero le preocupaba que aquello no fuera suficiente para un hombre de buen apetito como Jake. A él le gustaba la buena comida y, sorprendentemente, era un cocinero excelente. Aquella era otra razón por la que se sentía nerviosa por tener que volver a cocinar para él. Ella no era ninguna diosa de la cocina y, durante su matrimonio, su marido había tolerado pacientemente sus intentos culinarios con gran sentido del humor. No obstante, con mucha frecuencia, él había sugerido que salieran a cenar a uno de sus restaurantes favoritos. Muchas veces, él le había indicado que contrataran un cocinero a tiempo completo, pero Ailsa siempre había insistido en que le encantaba cocinar para su esposo y para su hija. En realidad, ella era una mujer muy tradicional y se habría sentido como si, de algún modo, hubiera fallado a su familia. Como había crecido en un orfanato, resultaba inevitable que su mayor anhelo fuera tener una familia propia de la que poder ocuparse.

De repente, un montón de nieve se deslizó por el techo de la vivienda y cayó pesadamente al suelo. Ailsa salió de su ensoñación y tomó el teléfono que tenía en la cocina. No había señal. Evidentemente, las líneas aún seguían estropeadas. Deseaba escuchar la dulce voz de Saskia y descubrir por sí misma si su hijita era feliz en Copenhague con su abuela. No obstante, sabiendo lo afectuosa que era Tilda Larsen, no lo dudaba ni por un instante.

Se mordió el labio y tomó el delantal que colgaba tras la puerta de la alacena. Entonces, encendió el horno. Lavó un par de patatas de buen tamaño, las pinchó con un tenedor y las metió en el horno. A continuación, sacó un poco de carne picada del frigorífico, un par de cebollas y ajo, y lo colocó todo en la encimera. Añadiría la salsa de pasta ya preparada a aquellos ingredientes en la sartén junto con unas judías pintas para preparar rápidamente un chili con carne. Al menos, conocía bien aquella receta y tenía menos posibilidades de que ocurriera un desastre.

—Pareces muy ocupada.

La profunda voz masculina la sobresaltó. Ailsa se dio la vuelta y se miró en aquellos gélidos ojos azules. De repente, sintió una peligrosa debilidad por todo el cuerpo.

—Yo... solo estaba preparando algo para cenar.

—No te tomes molestia alguna por mí.

—No es ninguna molestia. Los dos tenemos que comer, ¿no te parece?

—¿Necesitas ayuda?

—Estoy bien, gracias —replicó ella.

Se volvió rápidamente para retomar la tarea. Tomó un cuchillo afilado para picar las cebollas, pero le resultaba difícil mantener la mano firme tras haber visto la imagen de Jake. Iba ataviado con un jersey color burdeos y pantalones negros. El cabello rubio le relucía por la humedad de la ducha. Esa imagen le impedía a ella pensar con claridad.

—Sé que cuando estábamos juntos yo no era muy buena cocinera, pero he mejorado a lo largo de los años. Tal vez te lleves una agradable sorpresa.

Jake tardó unos segundos en responder.

—¿Por qué creías que no cocinabas bien?

—Bueno, tú siempre parecías terminar sugiriendo que nos marcháramos a un restaurante cuando yo cocinaba algo. ¿No te parece que es una señal inequívoca?

Jake se acercó a ella y le quitó suavemente el cuchillo de la mano. Lo colocó sobre la tabla de cortar y la hizo girarse para mirarlo.

—No recuerdo haber sugerido nunca ir a un restaurante después de que tú te pasaras horas en la cocina preparando algo para comer. Cuando te sugería que saliéramos a cenar, era tan solo para darte un respiro. Preparaste platos deliciosos cuando estábamos juntos, Ailsa. Sigo aquí, ¿no?

¿Qué ingrediente especial poseía él que hacía que aquella sonrisa resultara tan arrebatadora y que sus ojos fueran tan penetrantes, tan increíblemente azules? Ailsa contuvo el aliento y notó que el corazón se le aceleraba.

Capítulo 2

A JAKE le dolía que, durante tantos años, Ailsa hubiera creído que él pensaba que sus platos eran incomibles. En ocasiones, había sonreído por los esfuerzos que ella hacía en la cocina y que no obtenían buenos resultados, pero esperaba haberle transmitido también su aprecio. Sería capaz de tomar comida quemada todos los días si pudiera volver atrás en el tiempo y regresar a los momentos en los que estaban juntos, antes del terrible acontecimiento que los había separado para siempre.

Respiró profundamente. Mientras examinaba la pensativa mirada de color ámbar de Ailsa, sintió una oleada de innegable electricidad vibrar entre ellos.

–Sí, sigues aquí –afirmó ella con una reticente sonrisa.

–Con cicatrices de batalla, pero vivito y coleando –añadió él bromeando.

La sonrisa de Ailsa desapareció de sus labios, al igual que la dulce mirada de sus ojos.

–No bromees sobre eso –le reprendió ella–. ¿Te sigue molestando? Me refiero a la cicatriz.

–¿Te refieres a si me preocupa que haya estropeado mi aspecto físico? –replicó él. Se dio la vuelta y se metió las manos en los bolsillos. Entonces, volvió a girarse para mirarla antes de que ella tuviera oportunidad de responder–. Hace más de cuatro años que la tengo. Me he acostumbrado a ella. Creo que me da un cierto aspecto de pirata, ¿no te parece? Al menos, eso es lo que me dicen todas las mujeres.

–¿Las mujeres?

–Llevamos divorciados cuatro años, Ailsa. ¿Creíste acaso que permanecería célibe?

–¡No!

–¿No, qué?

–No seas cruel. No me lo merezco. Cuando te pregunté si te preocupaba tu cicatriz, lo que quería decir era si te seguía doliendo.

–El único dolor que me da es cuando me acuerdo de lo que la causó... y de todo lo que perdimos aquel día.

Ailsa se quedó en silencio, pero Jake pudo ver claramente la angustia en sus ojos dorados.

–Bueno –dijo ella tras una pausa–, es mejor que siga cocinando porque, si no, no tendremos nada para comer esta noche –añadió. Resultaba evidente que le había molestado lo que Jake le había dicho. Regresó a la encimera y siguió picando cebolla–. ¿Por qué no vas a ponerte cómodo en el salón y te relajas un poco?

–Tal vez lo haga –murmuró él. Se alegraba de poder disponer de la oportunidad de reagrupar sus sentimientos y de no decir nada más que pudiera hacerle daño a ella.

Con eso, salió de la cocina.

El encantador comedor tenía unas paredes de color terracota, vigas en el techo y un suelo de roble rústico. En el centro de la robusta mesa, que era también de roble, ardían varias velas de diferentes tamaños que proporcionaban un ambiente cálido y acogedor. Como aún no habían corrido las cortinas, podían ver que en el exterior seguían cayendo los copos blancos incesantemente sobre el suelo. En el pasado, cuando aún estaban casados y enamorados, a Jake, un ambiente así le podría haber parecido íntimo. Sin embargo, en aquella ocasión, algo le decía que no era la intención de su ex esposa crear una impresión así. Ella siempre encendía velas para cenar, fuera cual fuera la ocasión. Adoraba la belleza en todas sus formas.

En una ocasión, ella le había contado que el orfanato en el que ella creció había sido un lugar carente de toda belleza y que su alma la anhelaba. Apartó aquel doloroso recuerdo pero no sin antes reprenderse por el hecho de no haberla animado a hablar más sobre su infancia cuando aún estaban casados.

Se sentó frente a la mesa y trató de relajarse mientras ella se dirigía a la cocina para ir a por la cena. Cuando ella regresó, Jake se fijó en el cuidado que Ailsa puso en colocar perfectamente el plato y en lo atractiva que había tratado de que resultara la comida. No se había dado cuenta de lo hambriento que estaba hasta que notó el delicioso aroma. Comenzó a comer con apetito.

–¿Qué tal está? –preguntó ella con ansiedad.

Jake se limpió los labios con la servilleta y sonrió. Ailsa estaba sentada frente él. Su largo cabello, que le llegaba hasta la cintura, adquiría una tonalidad cobriza, lo que le daba un aspecto completamente embrujador. Él experimentó una turbadora oleada de sensualidad.

–Está delicioso. Ni siquiera puedo decirte lo mucho que te lo agradezco después de un largo día de viaje.

–Me alegro. ¿Te apetece zumo o agua?

–Agua, gracias.

Pareció existir un acuerdo tácito entre ellos para no hablar durante la cena. Cuando Jake terminó el chili que ella había preparado, Ailsa respiró profundamente y rompió el silencio.

–¿Estaba nevando en Copenhague cuando te marchaste? –le preguntó.

–Hemos tenido algunas tormentas de nieve desde hace un par de días, pero nada parecido a esto.

–Saskia debe de estar encantada. Adora la nieve. Reza para tener una Navidad blanca.

Jake se reclinó sobre el respaldo de la silla y la miró cautelosamente.

–Siento no haberla traído hoy a casa.

–Sé que no quieres oír esto, pero tenía muchos planes para estos días –dijo ella sin poder ocultar su profunda desilusión–. Incluso les dije a mis clientes que me hicieran los pedidos con antelación porque me iba a tomar una semana de vacaciones antes del día de Navidad para pasar tiempo con mi hija. Siento mucho que tu madre se haya quedado viuda, Jake, pero no es la única que sufre... –susurró mientras sus hermosos ojos se llenaban de lágrimas.

–¿Que sufre? –repitió él sin comprender.

–¿Se te ha olvidado qué día es hoy? –le preguntó ella mientras apretaba con fuerza la servilleta–. Es el aniversario de la muerte de nuestro bebé... el día del accidente. Por eso necesitaba que Saskia regresara hoy a casa. Si ella estuviera allí, centraría toda mi atención en ella y no pensaría en nada más.

Jake experimentó una fuerte sensación de claustrofobia, como si lo hubieran encerrado en una celda oscura y sin ventanas para luego tirar la llave.

–No me había dado cuenta de la fecha –admitió con tristeza–, probablemente porque no necesito que una maldita fecha de aniversario me recuerde lo que perdimos aquel día.

Se levantó y se dirigió a la ventana para observar cómo la nieve caía incesantemente desde el cielo. Vagamente, se percató de que Ailsa se levantaba también.

–Hace años que no hablamos de lo que ocurrió... en realidad, desde el divorcio –dijo ella con voz tranquila.

–¿Y crees que ahora es el momento adecuado? –le preguntó él mientras se daba la vuelta. Se sentía como una olla a presión a punto de explotar

–No estoy diciendo que quiera revivir lo que ocurrió solo porque sea el aniversario de la muerte de Thomas, pero yo...

–¡No lo llames así! ¡Nuestro hijo ni siquiera había nacido cuando murió!

–Pero sí que le dimos un nombre antes de que naciera –susurró ella horrorizada–. Un nombre y una lápida, ¿lo recuerdas, Jake? Antes de que empezara a nevar con más fuerza ayer, llevé un ramo de lilas y anémonas blancas a la tumba en la que está enterrado. Lo hago todos los años en este día.

La tumba que albergaba los restos del pequeño estaba situada en el cementerio de una iglesia normanda que estaba cerca de las oficinas que Larsen tenía en Westminster. Sin embargo, Jake no la había vuelto a visitar desde el día del entierro, un gélido día de invierno en el que los fríos vientos se le habían clavado en el rostro herido como si fueran cuchillos. Ciertamente, era un día que deseaba borrar de su recuerdo para siempre.

–¿Y eso te ayuda?

–De hecho, sí. Sé que solo estaba embarazada de siete meses cuando él murió, pero se merece ser recordado, ¿no te parece? ¿Por qué parece molestarte que yo haya decidido sacar el tema? ¿De verdad esperabas pasar la noche en esta casa sin que yo hablara al respecto?

Jake se sintió de repente completamente vacío, agotado. Nada podía aliviar el dolor que estaba experimentando en aquellos momentos por el recuerdo del hijo tan deseado que habían perdido tan cruelmente. Se dirigió hacia la puerta del comedor.

–Lo siento, pero no creo que haya motivo alguno

para hablar de esto. ¿Qué vamos a conseguir? Tienes que dejarlo estar, Ailsa. El pasado, pasado está. Estamos divorciados. Hemos rehecho nuestras vidas. ¿Quién habría creído que la muchacha tímida con la que me casé terminaría dirigiendo su propio negocio? Después de todo lo que ha ocurrido, me parece un logro excepcional. Al menos, no todo terminó en desastre entre nosotros. Además, seguimos teniendo a nuestra hermosa hija, por la que debemos dar las gracias. Dejémoslo así, ¿te parece?

–Sí, tenemos a Saskia y doy las gracias por ello. Sí, dirijo mi propio negocio y me siento muy orgullosa. Sin embargo, ¿de verdad crees que si no hablamos de ello la sombra de aquel momento tan terrible desaparecerá mágicamente? Si fuera tan fácil, ¿crees que no lo hubiera hecho ya? Pensaba que el divorcio me ayudaría a pasar página después de la muerte de nuestro hijo, que nos ayudaría a los dos y que, al final, las heridas cerrarían. Sin embargo, no me parece posible. ¿Cómo va a serlo cuando he perdido la mitad de mi familia y ni siquiera puedo esperar tener más hijos en el futuro? El accidente me robó también esa posibilidad. Tal vez porque ya no estamos juntos tú puedes fingir que nunca ocurrió, Jake. «Ojos que no ven, corazón que no siente». ¿Acaso no se dice así?

Ailsa estaba tan cerca de la verdad... Jake en realidad no había querido divorciarse de ella, pero había terminado pidiéndolo cuando la agonía y la reprobación que creía ver en los ojos de su esposa todos los días empezaron seriamente a molestarle. No había podido soportarlo.

–¿Cómo voy a poder fingir que nunca ocurrió? ¡Dime! Solo tengo que mirarme en el espejo cada vez que voy al cuarto de baño para ver esta maldita cicatriz. De todos modos...

Respiró profundamente para poder tranquilizarse. Entonces, trató de pensar lo que debía hacer a continuación para tratar de borrar el doloroso recuerdo de Ailsa tan gravemente herida en el accidente, inconsciente mucho antes de que los cirujanos decidieran realizar una cesárea para tratar de salvar al bebé. El cirujano jefe le dijo después a Jake que el útero de Ailsa había resultado tan dañado que no solo había sido imposible salvar al bebé, sino que resultaba poco probable que ella volviera a concebir.

—Me he traído unos documentos a los que necesito echar un vistazo antes de meterme en la cama. La muerte de mi padre ha supuesto que yo me convierta en presidente de la empresa e, inevitablemente, tengo muchos problemas de los que ocuparme. Gracias por la cena y por permitirme que pase la noche en esta casa. La comida ha sido deliciosa. Hasta mañana.

Aunque se trataba de una excusa perfectamente legítima, no se podía negar el hecho que hacía que él se sintiera como un cobarde despreciable.

—Si necesitas otra manta, encontrarás un montón en el arcón de roble que hay a los pies de la cama.

El tono de voz de Ailsa era como si estuviera decidida a sobreponerse a la desilusión ante el rechazo de Jake a hablar del pasado. En silencio, él admiró la nueva fuerza que ella había adquirido. Notó en la voz de ella una compasión que, seguramente, no merecía.

—Que duermas bien —añadió Ailsa con una débil sonrisa—. No te quedes hasta demasiado tarde trabajando. Has tenido un día muy largo viajando y debes de estar agotado.

Evidentemente, no esperaba que él respondiera porque se dio la vuelta y regresó a la mesa. Entonces, metódicamente, comenzó a recoger los platos y los vasos que había sobre ella. Jake sabía que su inesperada aparición había turbado profundamente a su exesposa y llegó a la conclusión de que, seguramente, no debería haber ido a verla. Se habría evitado aquella escena. Sintió que la culpabilidad le hacía un nudo en la garganta. Se marchó a su dormitorio y, allí, miró con desesperación los documentos que debía examinar y que había dejado sobre la colcha de la cama. Entonces, se golpeó el pecho con un sentido gruñido...

Antes de irse a la cama, Ailsa solía quedarse junto a la estufa tejiendo. Le tranquilizaba el rítmico tintineo de las agujas y el crepitar de los leños que había echado a arder. Después de la cena con Jake, se sentía muy mal, por lo que se había resignado ya a una noche de insomnio. En ocasiones, no se marchaba del sillón hasta bien entrada la madrugada. ¿De qué le servía acostarse cuando lo único que hacía era dar vueltas en la cama? A menudo se preguntaba cómo podía sobrevivir durmiendo tan poco y teniendo que cuidar además de Saskia y de su trabajo. La capacidad del ser humano para salir adelante jamás dejaría de sorprenderla.

Sin embargo, aquella noche estaba más turbada que de costumbre por la presencia de Jake. Volver a verlo había sido maravilloso y terrible al mismo tiempo. La profunda cicatriz a un lado de su hermoso rostro no le hacía menos guapo o menos carismático. Efectivamente, tenía que admitir que le daba un cierto aspecto de pirata, aunque no le había gustado escuchar que otras mujeres pensaban lo mismo. Le molestaba profundamente que él hubiera podido olvidarse del apasionado amor que habían compartido para poder seguir con su vida. Ella no había podido hacer lo mismo. ¿Cómo iba a poder mirar siquiera a otro hombre con la perspectiva de una relación después de alguien como Jake Larsen?

Ella era recepcionista en prácticas en las oficinas Larsen cuando los dos se conocieron. Ailsa solo tenía diecinueve años, pero ansiaba poder mejorar su vida después de unos comienzos tan difíciles. Por ello, había estado agradecida ante la perspectiva de un trabajo tan glamuroso cuando prácticamente carecía de preparación. Cuando Jake entró por las puertas giratorias del vestíbulo, ataviado con un abrigo negro de cachemir sobre el traje, con la piel ligeramente bronceada y el cabello rubio, a Ailsa prácticamente se le olvidó respirar.

Él se dirigió hacia la recepción donde estaban su compañera y ella. Justo antes de que llegara junto a ellas, su compañera le explicó que era el hijo del jefe. Sin embargo, Ailsa ya se había quedado prendada de la belleza vikinga de aquel rostro tan masculino y del carisma que emanaba de él. Nunca antes se había sentido tan fascinada por un hombre, y mucho menos por uno que estuviera tan fuera de su alcance como él. Jake se presentó inmediatamente y, sin que Ailsa pudiera evitarlo, cayó por completo presa de su embrujo.

–Maldita sea...

Se había equivocado en un punto. Deshizo inmediatamente lo que había tejido y volvió a empezar. Sin poder evitarlo, miró con tristeza el hermoso abeto noruego que se erguía en el rincón y recordó otras navidades mejores. Le dolía que él se negara a hablar con ella de la muerte del bebé. Ailsa estaba segura de que aquella conversación los ayudaría a estar más a gusto el uno en compañía del otro y les facilitaría la vida. No habían podido hacerlo después del accidente. Inmediatamente después, se divorciaron. Los dos estaban tan heridos, tan dolidos y tan furiosos que no dejaban de culparse el uno al otro por lo ocurrido. Ailsa esperaba que una discusión sincera sobre lo ocurrido al menos podría ayudarla a dormir mejor por las noches.

–Oh, bueno...

«Cuando él se marche mañana, seguiré con mi vida como siempre. No está tan mal. Tengo a Saskia y mi negocio va muy bien. De hecho, va mejor que nunca...».

Se mordió los labios para tratar de no llorar. Sorbió con fuerza y determinación y se secó los ojos. Entonces, volvió a mirar el árbol. Tal vez Saskia no estuviera allí presente para compartir con ella la alegría de decorar el árbol, pero podía hacer la tarea ella sola. Después de todo, decorar era algo que se le daba muy bien. Tenía un negocio de mucho éxito basado en el diseño y en la elaboración de objetos hermosos, entre los que se incluían los adornos de los árboles de Navidad. Además, Saskia y ella ya habían estado elaborando algunos adornos juntas.

Se sintió un poco más animada. Guardó su labor y se levantó del sillón. En vez de dormitar allí, como solía ocurrirle, se marchó, por primera vez en muchos meses, a la cama temprano.

Jake tomó a tientas el reloj que tenía sobre la mesilla de noche y, a duras penas, se dio cuenta de la hora que era. Debía de haber dormido muy profundamente, pero no comprendía por qué. Como Ailsa, era insomne desde que se produjo el accidente.

Se sentó en la cama y, en ese momento, oyó cómo el radiador se encendía. Expiró deliberadamente y no se sorprendió al ver cómo el cálido aliento atravesaba el gélido aire de la habitación.

¿Haría siempre tanto frío en aquella casa por las mañanas? Se sintió furioso al pensar que Ailsa podría haber elegido vivir en un entorno mucho más lujoso, con calefacción de suelo radiante y todas las comodidades posibles. Se había decantado por aquella casita tan aislada, que, por muy encantadora que fuera, distaba mucho de ser el hogar en el que deseaba que creciera su hija.

Se frotó las manos con fuerza para calentárselas y se preguntó si podría volver aquel día a Copenhague. Entonces, se levantó de la cama y se dirigió a la ventana. Apartó la cortina y se quedó boquiabierto al ver la increíble escena. Inmediatamente, se vio poseído por una mezcla de frustración, decepción y completo asombro.

Hasta donde podía llegar la mirada, todo estaba cubierto de un grueso manto de nieve. Un fuerte viento hacía que los copos azotaran con fuerza todo lo que se encontraba en su camino. No tenía posibilidad alguna de abandonar la casa aquel día. Con aquellas condiciones meteorológicas, no despegaría ningún avión.

–Maldita sea...

Llevaba puesto tan solo unos pantalones de pijama negros. Su fuerte torso estaba desnudo. Trató por todos los medios de encontrar una solución, pero no pudo hallar ninguna. Ni siquiera funcionaban los teléfonos fijos ni los móviles. De hecho, las condiciones eran tan extremas que no se podía esperar regresar a casa en un espacio breve de tiempo. Ni siquiera podía llamar a su helicóptero.

Un suave golpeteo en la puerta le aceleró los latidos del corazón.

–Jake, ¿estás levantado ya? Me preguntaba si te apetecería una taza de té...

En vez de responder, se dirigió a la puerta y la abrió de par en par. El cabello oscuro de Ailsa le caía sobre los hombros, ligeramente revuelto, como si ella no hubiera pasado buena noche. Ella iba vestida con una especie de kimono oriental de seda roja. Prácticamente parecía una adolescente y no la madre de una niña de nueve años. Una vez más, volvió a experimentar un profundo sentimiento de protección hacia ella.

—No te preocupes por mí, pero parece que a ti te vendría bien algo caliente para entrar en calor –respondió él–. ¿Por qué no salta la calefacción antes? ¿Has visto qué tiempo hace? Aquí hace mucho frío.

—La caldera funciona con un termostato y sí, he visto el tiempo que hace. Creo que no ha dejado de nevar en toda la noche. Por otro lado, no me sorprende que tengas frío. Estás prácticamente desnudo.

Jake no pudo evitar una sonrisa.

—Ya sabes que duermo con muy poca ropa. ¿O es que se te ha olvidado?

—No me has dicho si quieres una taza de té o no –insistió ella. Agarró con fuerza los costados de la bata de seda para cubrirse aún más y trató de ocultarse el rostro con el cabello.

Sin embargo, no pudo evitar que Jake se diera cuenta de que se había sonrojado. Él experimentó una gran satisfacción. Resultaba agradable saber que aún era capaz de hacer que ella reaccionara ante su presencia a pesar de todo lo que había ocurrido entre ellos.

—No voy a rechazar una bebida caliente, sea la que sea, pero deja que me dé primero una ducha y que me vista antes de reunirme contigo en la cocina.

—Está bien –dijo ella antes de marcharse. Jake estaba a punto de cerrar de nuevo la puerta cuando Ailsa se giró de nuevo–. ¿Quieres que te prepare también algo de desayunar?

Jake dudó.

—No quiero crearte ninguna molestia...

Una ligera sonrisa adornó los labios que a él tanto le gustaba besar, con cuyos besos todavía soñaba pensando que podrían volver a compartir lo que habían tenido en el pasado.

–No es ninguna molestia –repuso ella. Entonces, comenzó a bajar la escalera. El suave y femenino contoneo de sus caderas provocó un fuerte anhelo en el corazón de Jake.

Capítulo 3

AILSA salió del salón con el rostro arrebolado y caliente después de haber encendido el fuego de la estufa. Se sacudió las manos y levantó la mirada justo cuando Jake comenzaba a bajar la escalera. A pesar de las muchas veces que lo había visto, aún sentía una extraña sensación en el corazón al sentir su presencia. Aquella mañana iba vestido mucho más informalmente que el día anterior. Llevaba unos vaqueros de color azul claro y una camiseta blanca bajo un jersey negro de cuello de pico. Parecía que se había peinado el rubio cabello con los dedos. Cuando se volvió hacia ella y sonrió, sus hermosos ojos azules actuaron como un imán para Ailsa. Ella ni siquiera se dio cuenta de la cruel cicatriz que le atravesaba la mejilla porque tenía la atención prendida en la mirada de Jake.

–Volveré a calentar agua y prepararé té. Siento ir un poco retrasada con el desayuno, pero tenía que encender el fuego. ¿Has dormido bien?

–Como un niño –respondió él–. Es una cama comodísima.

–Cuando se piensa que la mayoría de la gente se pasa la mitad de la vida en la cama, tener una cómoda debería ser algo esencial, ¿no te parece?

Se sentía inexplicablemente nerviosa a su lado. Aunque se tratara de algo inocente, de lo último sobre lo que quería hablar con su exmarido era de camas.

Cuando él se limitó a sonreír en vez de comentar nada, como si supiera lo incómoda que ella se sentía, Ailsa apartó rápidamente la mirada y se dirigió a la cocina. Su invitado la siguió. Allí, ella se lavó rápidamente las manos y volvió a encender la tetera. Se disponía a alcanzar un par de tazas de la estantería cuando Jake llegó a su lado y se sentó en una de las sillas de la cocina. Sabía que él iba siguiendo cada uno de sus movimientos con la mirada, se fue sintiendo cada vez más incómoda. Aunque se sentía muy tensa en su compañía, sabía que si se daba la vuelta comprobaría que su ex no estaría experimentando una tensión similar.

Ailsa reprimió un suspiro. Decidió reaccionar y sacar a colación el tema sobre el que llevaba pensando desde que se despertó aquella mañana, y vio el asombroso resultado de la nevada de la noche anterior.

—Si esperabas poder llegar hoy al aeropuerto, no creo que tengas muchas posibilidades.

—Yo tampoco —admitió él—. ¿Has comprobado si tienes ya línea telefónica?

—Sí, ya lo he hecho. Sigue desconectada... Lo siento.

—¡Maldita sea!

Aquel exabrupto no sirvió para aumentar la confianza de Ailsa. ¿Acaso sentía tanta antipatía por ella que el mero pensamiento de pasar más tiempo a su lado del que fuera necesario le resultaba absolutamente insoportable?

—Yo me siento igual de frustrada por no poder hablar con Saskia —murmuró ella. Al darse cuenta de que el agua había hervido, ocultó su frustración preparando el té. Llevó la taza de Jake a la mesa—. Sírvete tú mismo el azúcar. Yo me voy a poner a prepararte el desayuno.

—¿No vas a desayunar conmigo?

—Yo no suelo comer mucho por la mañana. Lo más probable sea que me prepare simplemente una tostada.

–¿Solo una tostada? ¿Eso es lo único que tomas para desayunar?

–Normalmente, sí.

–En ese caso, no me extraña que hayas perdido peso.

–¿Hay algo más que hayas notado en mí? –le preguntó ella, dolida. No importaba dado que ya ni siquiera estaban juntos, pero le molestaba el hecho de que él pudiera encontrarla demasiado delgada y poco atractiva.

Ella siempre había sido delgada, pero antes del accidente había presumido de bonitas curvas, unas curvas que él había admitido que adoraba... ¿Acaso se pasaba su tiempo libre adorando las curvas de otra mujer?

Jake la miraba fijamente, lo que le dijo que él estaba considerando la pregunta muy seriamente.

–Sí. Eres más hermosa aún de lo que recordaba.

–Eso no es cierto... Sé que estoy demasiado delgada y que siempre tengo aspecto cansado. Tengo veintiocho años, pero a veces me parece que tengo cien.

–Eso es una tontería.

–En realidad, ni siquiera me importa –replicó ella encogiéndose de hombros–. Mientras tenga la energía suficiente para trabajar y cuidar de Saskia, no me importa nada más.

Jake se levantó y se puso frente a ella. Entonces, la obligó a levantar la barbilla para que ella lo mirara a los ojos. Los de él eran de un azul intenso y producían un efecto devastador en ella. ¿Había tenido siempre las pestañas tan largas? Estaba tan cerca de ella que seguramente debía de estar escuchando los latidos de su corazón.

–Tal vez estés cansada, pero ni estás demasiado delgada ni pareces más mayor de lo que en realidad eres. De hecho, cuando te vi ayer pensé que sigues teniendo un aspecto muy juvenil. Tal vez eras demasiado joven cuando me casé contigo...

Con gran delicadeza, él le apartó el cabello de la frente. La palma de la mano le rozó suavemente la piel. Su tacto era como el del terciopelo. Junto con su voz profunda, casi podía hacerle creer que todo lo que se había estropeado entre ellos podría volver a arreglarse...

¿De dónde había surgido aquel pensamiento tan peligroso? Era una idea destructiva, como esperar encontrar refugio en una casa en llamas.

Ailsa dio un paso atrás y se cruzó de brazos con gesto protector, casi como si se estuviera protegiendo el corazón.

–¿Estás diciendo que te arrepientes de nuestro matrimonio?

–No estoy diciendo nada en absoluto. ¿Por qué siempre tienes que ponerte a la defensiva y creer lo peor?

–Porque algunos días resulta difícil seguir creyendo en algo bueno...

–Me apena saber que piensas de esa manera. Tuvimos buenos momentos cuando estábamos juntos, ¿es que no te acuerdas?

–Es cierto... pero entonces cometimos el terrible error de creer que teníamos un futuro maravilloso por delante... tú, nuestros hijos y yo. Y mira lo que pasó con esa fantasía.

¿Por qué apuntaba siempre Ailsa directamente a la yugular?

Al escuchar la desesperación en su voz, Jake se sintió como si se le volviera a desgarrar de nuevo el corazón, tal y como le había pasado en las manos cuando las extendió para proteger a Ailsa de las esquirlas de metal y del cristal desgajado en el que se había convertido su coche después del choque con el otro conductor. Ya había tenido que soportar lo insoportable. ¿Cuánto tiempo quería el destino que él siguiera sufriendo?

Cerró los ojos por el dolor y la frustración. Cuando

volvió a abrirlos, vio que Ailsa estaba ya junto a la cocina para preparar el desayuno. Al observar la gloriosa cascada de cabello oscuro que le caía por la espalda, sintió deseos de colocarse tras ella, estrecharla entre sus brazos y no volver a soltarla nunca más. Para no hacerlo, se puso a mirar por la ventana y comprobó que seguía nevando, incluso con más fuerza.

—¿Es que no va a haber fin para este asqueroso tiempo? —preguntó muy irritado.

—Sé que te mueres de ganas por regresar a casa y volver a estar en Copenhague, pero creo que vas a tener que aceptar el hecho de que, por el momento, no te puedes mover de aquí igual que yo tengo que aceptar que tardaré otra semana en volver a ver a Saskia.

—¿Por qué intentas que me sienta peor de lo que ya me siento? ¿Crees que me ha gustado presentarme aquí sin Saskia? Mi madre y ella insistieron tanto en que querían estar juntas durante unos días más que pensé que era lo mejor. ¿Qué mal hay en ello? Creí que, por una vez, tú lo comprenderías, pero, en vez de eso, me miras como si hubiera cometido el crimen del siglo.

—Jake, yo...

Justo en aquel momento, alguien empezó a llamar con fuerza a la puerta. Los dos se sobresaltaron.

—¿Quién diablos puede ser?

Ailsa dedujo que solo había una persona que podría presentarse en su casa con aquel tiempo tan terrible. Estaba segura de que si era quien ella creía, su aparición no iba a ayudar a aliviar la fricción que había entre Jake y ella en aquellos momentos. Se limpió las manos en el delantal y fue a abrir.

El guapo hijo del granjero, que era su vecino más cercano, estaba golpeando los pies contra el suelo para tratar de sacudirse la nieve.

—Buenos días, Ailsa.

–Linus, ¿qué estás haciendo aquí?

–Te he traído unos huevos, un poco de leche y pan para ayudarte a tirar hasta que puedas volver a salir para ir a comprar. Ahí fuera no puede avanzar nada más que un tractor. ¿Te encuentras bien? Me preocupaba que Saskia y tú estuvierais aquí solas.

–Estoy bien, gracias. Saskia sigue con su abuela en Copenhague. Eres muy amable al venir para ver cómo estamos.

–¿Para qué están los vecinos? –exclamó Linus con una simpática sonrisa–. Espera un momento. Iré a por las provisiones.

Ailsa esperó a que él regresara al enorme tractor rojo. Hacía tanto frío, que tuvo que aplaudir con las manos para calentárselas.

–¿Quieres que te lo lleve todo a la cocina? –le sugirió Linus cuando regresó con una caja de cartón entre las manos.

–Sí, por favor –dijo ella.

Forzó una sonrisa al tiempo que experimentaba una gran aprensión al pensar que Linus se iba a encontrar cara a cara con su ex.

Entre Linus y ella no había nada más que una amistad, pero sabía que Jake no tardaría en sacar sus conclusiones. Unas conclusiones equivocadas. Siempre había sido muy celoso, pero, mientras él sí había tenido relaciones con otras mujeres, Ailsa no. ¿Cómo no iba a darle la bienvenida a un vecino muy simpático y muy considerado con ella? En su opinión, no hacerlo habría sido de mala educación. Lo menos que podía hacer era ofrecerle a Linus una taza de té.

Sin embargo, en cuanto entraron en la cocina, Jake observó con arrogancia y enojo la presencia del otro hombre. Cuando Ailsa y Linus entraron, él los contempló con una mirada más fría que el gélido ambiente que reinaba en el exterior.

–Jake, este es Linus, mi vecino. Muy amablemente, me ha traído provisiones de la granja. Linus, te presento a Jake Larsen, el padre de Saskia. Ha venido para informarme de que Saskia se va a quedar unos días más con su abuela y ahora se ha visto obligado a quedarse aquí a pasar la noche.

–Vaya, he oído hablar mucho de usted –dijo Linus frunciendo el ceño mientras ponía rápidamente la caja de provisiones sobre la mesa. Entonces, extendió la mano hacia Jake–. Por parte de Saskia, por supuesto. Ella habla sobre usted todo el tiempo.

–No me diga... –comentó Jake mientras le daba la mano de mala gana.

–Así es –afirmó Linus con una sonrisa incómoda.

–¿Por qué no te sientas, Linus? Te prepararé una taza de té –dijo Ailsa con una sonrisa, a pesar de que el corazón le latía alocadamente.

Linus se encogió de hombros. Evidentemente, se sentía muy incómodo con la fría recepción por parte de Jake.

–Es muy amable de tu parte, pero preferiría no quedarme. Tengo mucho que hacer todavía en la granja antes de que se acabe el día. Gracias de todos modos. Tal vez me vuelva a pasar dentro de un par de días para ver cómo estás.

–¿Estás seguro de que no quieres tomar algo caliente? Hace mucho frío ahí fuera.

–No pasa nada. Estoy acostumbrado a trabajar a la intemperie y he tomado un buen desayuno esta mañana antes de salir.

–Como tú quieras –repuso Ailsa sin dejar de mirar de reojo a Jake–. Muchas gracias por traerme esas provisiones. Ha sido muy amable por tu parte. Te debo una.

–No seas boba. Ha sido un placer. A decir verdad, resulta agradable tener una excusa para pasar a verte. Algunas veces, el trabajo no parece terminarse nunca y no tengo el tiempo que me gustaría para venir de visita.

La incomodidad de Linus había desaparecido y, en aquellos momentos, tenía una amplia sonrisa en los labios. Ailsa se sintió un poco sorprendida por ello, sobre todo porque Jake estaba delante.

Linus miró entonces brevemente a Jake.

–Ha sido un placer conocerle –dijo.

–Lo mismo digo.

La respuesta se pronunció sin expresión alguna. Ailsa pensó que era lo mejor que Linus no fuera a quedarse más tiempo porque le daba la sensación de que a su pensativo ex no le apetecería mucho la idea.

Linus sonrió a Ailsa y salió de la cocina. Cuando ella regresó después de despedirse de él, apretó los puños y miró fijamente a Jake. Al ver que no había ni un gramo de remordimiento en su rostro, Ailsa sintió que la sangre le hervía de la indignación.

–¿Te tenías que comportar de un modo tan distante? Linus es un buen hombre. Solo ha venido a ver cómo estábamos Saskia y yo para asegurarse de que no teníamos ningún problema. Incluso me ha traído provisiones porque yo no puedo ir a comprar.

–¿Me estás diciendo que necesitas otro hombre para cuidar de mi hija y de ti?

Ailsa no se podía creer lo que Jake estaba dando por sentado.

–Él no es «otro hombre» del modo que tú estás sugiriendo. ¡Para que te enteres, Jake, yo no necesito otro hombre para nada! Puedo cuidarme sola perfectamente. Linus es tan solo un amigo y un buen vecino.

–¿Acaso no te das cuenta de que él quiere ser mucho más que solo un amigo y un buen vecino? –le espetó él mientras la observaba con un brillo peligroso en los ojos.

–¿Cómo dices?

–¿O es que las cosas han progresado más allá de la amistad y la buena vecindad?

–Nos hemos tomado una taza de té de vez en cuando y hemos charlado un rato. Eso es todo. Ciertamente, yo jamás lo he animado a tener nada más personal. Y, aunque así hubiera sido, no creo que sea asunto tuyo con quién paso el tiempo... Ya no lo es. ¿Acaso se te ha olvidado que estamos divorciados?

–No –respondió él con expresión torturada–. No se me ha olvidado.

El enojo y la indignación que habían amenazado con apoderarse de Ailsa hacía tan solo unos minutos desapareció como un globo pinchado. En vez de enfado, sentía una profunda compasión. Los dos habían resultado malheridos en el accidente que acabó con la vida de su hijo y, si aquello no había sido suficiente, los dos habían tenido que pasar por el final de su matrimonio. Además, Jake había perdido recientemente a su padre. Tenía que estar sufriendo mucho.

Se dio cuenta de que los dos tenían que hablar. De algún modo, tenían que aprovechar la estancia obligada en la casa juntos para empezar a resolver los asuntos pasados que habían quedado sin resolver.

–Voy a ponerme a prepararte el desayuno –dijo mientras observaba la pesada sartén que tenía sobre la cocina–. ¿Quieres otra taza de té? Seguramente, esa se te haya quedado ya fría.

Jake volvió a tomar asiento y probó el té que ella le había preparado anteriormente.

—Está bien –murmuró.

Ella se acercó a él y le quitó la taza de las manos.

–Está prácticamente fría. Te prepararé otra. No es ninguna molestia.

–¿Por qué eres tan amable conmigo cuando acabo de disgustarte con el modo en el que he tratado a tu amigo? –le preguntó Jake mirándola fijamente–.

–¿Y va a servir de algo que yo sea también desagradable contigo?

–Supongo que no...

–En ese caso, seguiré preparando el desayuno –dijo ella mientras sacaba una huevera de la caja de Linus–. Te aseguro que la relación que tengo con Linus es tan solo de amistad. No te mentiría sobre eso. Tengo que considerar la felicidad de Saskia al igual que la mía. Mientras ella sea pequeña, no me interesa tener ninguna relación romántica con nadie. ¿Y tú? ¿Tienes alguna relación de importancia en tu vida que yo debería saber?

Al hacer aquella pregunta, sintió que se le hacía un nudo en el estómago. Temía que la respuesta fuera afirmativa. Para su alivio, Jake negó con la cabeza.

–Como tú, no tengo intención de tener una relación seria con nadie hasta que Saskia sea más mayor, pero eso no significa que me haya resignado a llevar una vida monacal. Soy humano y mis necesidades básicas son iguales que las de los demás.

Ailsa tardó un par de segundos en poder reaccionar porque le dolía pensar que Jake pudiera estar satisfaciendo sus necesidades sexuales con otra mujer, tal vez, incluso más de una mujer. Llevaban divorciados ya cuatro años y, en realidad, no era la primera vez que aquel pensamiento se le pasaba por la cabeza. Conocía muy bien las necesidades de su exmarido en aquel campo. Siempre había sido un amante increíble. Esa parte de su matrimonio había hecho realidad todos sus sueños de amor y pasión e incluso algunos más...

–¿Y mis necesidades? –preguntó ella–. ¿Tengo yo

la misma libertad que tú en ese aspecto, Jake? ¿O es que acaso crees que ya no tengo ese tipo de necesidades después de que el accidente me dejara estéril? Tal vez crees que ahora soy menos mujer...

–¡No digas eso! ¡Ni siquiera lo pienses! Eres más mujer que ninguna otra que conozco y, aunque ya no estemos juntos, nada podrá cambiar nunca eso –exclamó él mientras se ponía de pie. Le quitó la huevera a Ailsa de las manos y la dejó sobre la mesa. Entonces, puso la palma de la mano sobre la mejilla de ella y le deslizó el pulgar por debajo de la mandíbula para inmovilizársela.

–Saskia siempre dice que tiene la mamá más hermosa del mundo, y tiene razón.

–Era de esperar que dijera eso. No es imparcial.

–¿Es que no me has oído? –susurró él apretándole un poco el rostro y temblando al mismo tiempo–. He dicho que tiene razón.

Ailsa deseaba que siguiera hablando solo por escuchar la masculina voz de Jake tan cerca de su rostro, una voz capaz de reconfortarla y de seducirla al mismo tiempo. Deseaba revivir de nuevo lo que se sentía cuando él la besaba, pero sabía que no era sensato desear ciertas cosas. Se había esforzado mucho por recuperarse del dolor de haber perdido primero a su hijo y luego a Jake.

Tal vez él había instigado el divorcio entre ambos en un momento de profunda desesperación para escapar así del desaliento en el que los dos se habían visto sumidos. La situación entre ambos había sido intolerable. Los dos habían necesitado espacio para respirar. A pesar de que ella había accedido a que se terminara su matrimonio con Jake, se había sentido completamente destrozada al respecto. No quería volver a necesitarlo tanto. Se había dicho una y otra vez que Jake debería ser libre para volver a amar, para engendrar un hijo con otra mujer. ¿Por qué no lo había hecho?

Se sentía a punto de llorar, por lo que apartó la mano de Jake con firmeza y se dio la vuelta. Antes de hacerlo, tomó la huevera que él había dejado sobre la mesa.

—¿Quieres un huevo o dos con el beicon?

—¿Sabes una cosa? He perdido el apetito —susurró él, con la tristeza reflejada en los ojos.

—No te estoy rechazando, Jake. Simplemente... no quiero volver a sufrir y tampoco quiero que sufras tú. En estos momentos, no nos queda otra que estar juntos, así que no lo estropeemos, ¿de acuerdo? Estoy completamente abierta a hablar de todo lo ocurrido entre nosotros y, tal vez, cuando llegue el momento de que te vayas, hayamos podido resolver algunos de los asuntos que tanto tiempo llevan molestándonos para que podamos estar más en paz con las elecciones que hemos tomado. ¿Qué te parece?

—¿Tienes una pala?

—¿Cómo dices? —preguntó ella sin comprender.

—Hay que limpiar el acceso a la casa —dijo él mientras se acercaba a la ventana para mirar el exterior—. Voy a retirar la nieve para que me entre hambre y así poder comer ese desayuno que no haces más que prometerme.

Aquella frase tan inesperada hizo que Ailsa tuviera esperanzas de poder hablar libremente con Jake sobre el pasado sin culparse el uno al otro.

—¿Crees que merece la pena hacerlo ahora? Si sigue nevando va a ser una pérdida de tiempo. Tendrás que salir de nuevo más tarde para volver a limpiarlo.

—Si tú tuvieras que salir por algo y te cayeras, no me gustaría llevarme eso en mi conciencia cuando me vaya de aquí. Dime dónde está la pala, ¿quieres?

Ailsa se encogió de hombros.

—Está bien. Sal al jardín por la puerta trasera. Encontrarás una pala en el cobertizo —le dijo.

—Bien. ¿Te puedo decir lo que quiero desayunar? Creo que es mejor que me hagas dos huevos para el beicon. Creo que ese trabajo me va a dar hambre —afirmó muy seriamente. Entonces, se dio la vuelta y salió al exterior.

Capítulo 4

JAKE se alegraba sinceramente del ejercicio físico que había estado haciendo cuando limpió la nieve del sendero. El gélido viento le azotaba las mejillas y le hacía llorar, pero le ayudaba a no pensar en Ailsa. No le había gustado en absoluto conocer a Linus. No se le había pasado por alto la manera en la que el granjero miraba a Ailsa. No era que le sorprendiera que él la deseara, dado que cualquier hombre en sus cabales se volvería loco por ella, sino más bien el hecho de que su hermosa exesposa no supiera que él la deseaba. Eso la convertía en una persona muy vulnerable. Ailsa era a veces demasiado ingenua.

Resultaba extraño que Saskia no le hubiera mencionado nunca que su madre tenía nuevos amigos, sobre todo porque el propio Jake se lo había preguntado. Evidentemente, la niña no consideraba al granjero un amigo lo suficientemente importante como para hablar de él. A pesar de todo, el tal Linus no tenía ningún derecho a ir a visitar a Ailsa para hacerle regalos, por muy prácticos que estos fueran.

Dejó de quitar nieve durante un par de minutos para mirar hacia la casa. Era muy bonita, pero estaba a años luz de las lujosas casas y apartamentos que la empresa de Jake vendía por todo el mundo a los ricos y a los famosos. Sin embargo, no podía interferir en aquella elección. Sabía muy bien que Ailsa no quería que él la ayudara. Aunque no le gustaba, no podía hacer nada al respecto.

Cuando aquel coche se estrelló contra el de ellos aquella fría noche de diciembre, él debería haberla protegido contra todo, aunque ello hubiera significado perder la vida para hacerlo. De repente, se sintió poseído por la desesperación y la pena. ¿Por qué le había dicho ella que visitaba la tumba de su hijo? Jake no necesitaba que ella le recordara la muerte del pequeño. Su esposa había sido capaz de mostrar abiertamente su pena. Jake, por el contrario, había llorado su pérdida en silencio, para que pareciera que lo llevaba «como un hombre». El padre de Jake había sido un estupendo hombre de negocios y había cuidado muy bien de su familia y de su esposa. Sin embargo, en lo que se refería a expresar calidez y emoción, se había mostrado completamente cerrado, incapaz de expresar sentimiento alguno. Por consiguiente, Jake nunca había sentido que su padre lo quisiera. Así, Jake había aprendido a no expresar sus sentimientos, a no mostrar que tenía roto el corazón aun cuando estaba sufriendo. Debía fingir que todo iba bien.

Ailsa y él habían perdido mucho. Ella creía que debían hablar. ¿De verdad pensaba ella que hablando podrían superar las tragedias que habían terminado con su apasionada unión? Jake estaba tan acostumbrado a no expresar sus sentimientos que tal vez era ya demasiado tarde para eso.

Al notar un sabor salado en los labios, se dio cuenta de que estaba llorando. Se secó las lágrimas con furia, casi avergonzado por haber expresado su tristeza. Afortunadamente, nadie lo había visto. Entonces, siguió apartando la nieve del sendero con más fuerza aún que antes.

—¿Te apetece un poco más de beicon?

—No, gracias. Si me tomo otro trozo no voy a poder moverme.

–¿Estás seguro?

–Completamente. ¿Por qué no vienes a sentarte un minuto?

La invitación de Jake era una tentación. Cuando a las palabras se le unió una mirada, que capturó la de ella sin piedad, las defensas de Ailsa se derrumbaron patéticamente.

–Está bien. Solo un minuto.

Ailsa tomó su tostada y su taza de té y se dirigió a la mesa. Allí, se sentó frente a él. En el exterior la nieve seguía cayendo con fuerza, pero el interior de la casa era cálido y acogedor, lo que inducía a la conversación.

–Me siento honrado –replicó él con tono ligeramente burlón.

–Gracias por limpiar el sendero, pero me temo que no va a durar mucho. Por supuesto, no te estoy sugiriendo que salgas de nuevo a limpiarlo –añadió rápidamente, con el rostro ruborizado.

–Cualquier trabajo físico es preferible a redactar informes o a mirar una pantalla de ordenador.

Ailsa sonrió y dio un bocado a su tostada.

–¿Te sigue gustando hacer artesanía? –prosiguió él con la agradable sonrisa que ella siempre había encontrado tan atractiva–. Supongo que esa pregunta es una tontería, dado que lo has convertido en un negocio.

–Sí que me gusta, y mucho. Solo es una empresa muy pequeña, pero crece poco a poco. Me han ayudado algunos agradables elogios por parte de algunos clientes. Son muy leales y les hablan a sus amigos sobre mí. Además, la publicidad en Internet ha ayudado mucho. Recientemente me pidieron que hiciera una entrevista para una de las revistas de decoración de interiores más importantes.

–Me alegro. Eso debió de significar mucho para ti.

–Así es. Cuando pienso de dónde vengo me parece un milagro, para serte sincera. Jamás pensé que podría conseguir nada importante, al menos en lo que se refiere a una profesión.

—¿Y por qué creías eso?

—Mi infancia. Saber que me abandonaron cuando solo era un bebé no me ayudó en nada. Jamás he podido quitarme de encima la sensación dc que no se me quería y que, por lo tanto, no era lo suficientemente buena.

—Jamás me contaste eso antes.

—En realidad, jamás me preguntaste por mi infancia —dijo ella. Se sintió muy incómoda por haber sacado el tema—. Me parecía que te incomodaba el hecho de que proviniera de un mundo tan diferente al tuyo. Por eso, jamás te hablé sobre ello.

—Lo siento —susurró él mientras sacudía la cabeza con sorpresa e incredulidad—. Siento no haber hablado de algo tan importante y haberte hecho creer que me resultaba incómodo. Siento que pensaras que tú no eras lo suficientemente buena. Siempre supe lo capaz que eras, Ailsa, el talento que tenías. Sin embargo, debería habértelo dicho.

Aquellas palabras prendieron una luz en el interior del corazón de Ailsa. Sin embargo, más que lo que él había dicho, se alegraba del hecho de que, por fin, estuvieran hablando. Conectando.

—Ahora, estoy haciendo todo lo posible para dejar de pensar que no soy lo suficientemente buena. Empezar mi negocio me ha ayudado mucho en ese aspecto. También me ha dado un empujón saber que puedo tener unos ingresos razonables con mis esfuerzos.

—No andas justa de dinero —afirmó él frunciendo el ceño—. No tienes que depender exclusivamente de lo que ganas.

—Sé que me has dejado bien cubierta, Jake, y no te creas que no te lo agradezco. Sin embargo, para mí es importante saber que puedo mantenerme por mí misma.

Utilizo el dinero que me das para las necesidades de Saskia. Cuando puedo, me gusta depender de mis propios ingresos. ¿Tan difícil te resulta comprender que me gusta ser independiente?

—Estuviste casada conmigo y el dinero que se te concedió después del divorcio te pertenece. ¿No te hace lo suficientemente independiente el dinero que la mayoría de la gente consideraría una fortuna?

—Yo...

Ailsa no pudo seguir hablando. Jake no entendía que no se trataba del dinero ni de la cantidad. Lo que era importante no era lo que representaba para ella, sino lo que, a sus ojos, representaba la muerte de su adorado bebé y el final de su matrimonio. Al menos el dinero que ella ganaba por sí misma no llegaba cargado de una herencia tan onerosa ni tan dolorosa.

—¿Sabe ese granjero amigo tuyo que eres una mujer rica?

—¿Qué es lo que estás sugiriendo? —replicó ella muy enojada—. ¿Crees que solo viene a visitarme porque tengo dinero? Gracias, Jake. De verdad sabes hacer que una mujer sepa cómo sentirse especial.

Ailsa agarró su plato y se puso de pie. Entonces, se alejó de la mesa. Se apoyó sobre la encimera de granito para tratar desesperadamente de tranquilizarse. Jake se levantó también y se acercó a ella.

—No quería sugerir que solo le gustas porque tienes dinero. Solo quiero que tengas cuidado, nada más. No me gustaría que se aprovecharan de ti. A veces, creo que eres demasiado confiada.

—Y, si lo soy, ¿a ti qué te importa?

—¿Tienes que preguntar?

—¿Acaso es porque soy la madre de tu hija? Es la única razón por la que se me ocurre que yo te podría importar.

Jake se encogió, como si Ailsa lo hubiera atacado físicamente. La cicatriz que él portaba en el rostro la emocionó más profunda y terriblemente de que lo había hecho antes. Casi sin que se diera cuenta, Ailsa levantó la mano para trazarla con las yemas de los dedos.

–No hagas eso.

Ella ignoró aquella orden y extendió la mano para cubrirle la mejilla entera.

–Siento haberte hecho daño con lo que dije –le dijo ella muy suavemente.

Jake le agarró la muñeca y le apartó la mano, tal y como Ailsa había temido.

–Y yo siento que tú creas que no me importas. No es cierto...

Cuando el corazón de Ailsa comenzó a latir con pena y arrepentimiento por los crueles acontecimientos que los habían separado, se encontró atraída con fuerza hacia él. Sus sentidos se inundaron por la magnética calidez de Jake y se nublaron por los recuerdos, el dolor y el deseo.

Fue el deseo el que tomó la iniciativa. Le prendió la sangre con fuego y le abrasó las venas mientras él, sin delicadeza alguna, tomaba posesión de los labios de Ailsa. Lo más turbador de todo fue que ella no trató de detenerlo. Un ligero contacto fue suficiente para recordarle lo que tanto había echado de menos. Jake era como una droga que aún seguía ansiando a pesar de que supiera que renovar tal adicción era un camino que tan solo podía llevarla a experimentar más dolor aún.

Mientras labios y lengua avivaban la pasión que ya la consumía, las manos le recorrían el cabello y el cuerpo, deteniéndose alrededor de las caderas para estrecharla ávidamente contra su cuerpo. La hebilla del cinturón se le clavaba a Ailsa en el vientre mientras ella descubría la firme presencia del deseo de Jake apretán-

dose contra ella. Sin embargo, a pesar de que el vientre
se le caldeó y los pechos se le irguieron, comprendió la
locura de lo que estaba provocando. ¿De verdad creía
que de aquella manera tan alocada podría arreglar algo?
Estaba completamente ida si así lo creía.

Rompió el beso y se pasó el reverso de la mano por
los labios.

—Eso no ha sido una buena idea, Jake.

—Pues a mí sí que me lo parece...

—Te aseguro que no lo es. ¿De verdad crees que su-
cumbir al deseo nos ayudará a resolver todos los problemas del pasado?

Jake, primero, pareció triste. Después, su aspecto
pasó a ser enojado.

—Tal vez tú no necesites el calor humano de vez en
cuando, pero yo sí. Y no me avergüenzo de ello. En realidad, no estaba pensando que lo que acaba de ocurrir
entre nosotros podría ayudarnos. Simplemente me dejé
llevar. En el pasado, te gustaba eso de mí. Mi esponta-
neidad. Ahora, es mejor que me marche a mi dormitorio
para trabajar un poco. Te diría que me llamaras si ne-
cesitaras algo, pero, dado que dudo mucho que lo hicieras, olvídate de que te lo he mencionado siquiera.

Al llegar a la puerta, Jake se detuvo brevemente.

—Sin embargo, si lo pienso mejor, tal vez preferirías
llamar a tu amigo el granjero. Ciertamente, no parece
importarte aceptar la ayuda o los regalos que él te ofrece.

Dolida por el comentario de Jake antes de salir de la
cocina, Ailsa estaba delante del abeto que tenía en el salón preguntándose cómo diablos iba a poder reunir la
energía que necesitaba para decorarlo y, mucho menos
aún, el entusiasmo. Se sentía fatal por el hecho de que
Jake pudiera creer que ni necesitaba ni deseaba la cali-

dez humana como él. Si Jake hubiera sabido lo mucho que le encantaba sentir sus fuertes brazos o sus besos...

Tal vez pensara que estaba más dispuesta a recibir la ayuda de Linus que la de él. Sin embargo, eso era imposible. Linus jamás podría recibir una cálida respuesta por parte de Ailsa porque ella no lo deseaba, al menos, no del modo en el que ella deseaba a Jake.

Trató de contener las lágrimas y se acercó a la estufa para echar otro leño. Después de avivar las llamas, ella cerró cuidadosamente la puerta. La Navidad era una época del año para disfrutar de la familia. Echaba mucho de menos a su hija. ¿Qué pensaría Saskia si viera a su madre en aquellos momentos, dudando sobre cómo decorar el árbol con los adornos que tanto se habían divertido haciendo juntas?

Como no quería decepcionar a su hija, decidió no seguir dudando. Saskia regresaría a casa y contemplaría un árbol de Navidad maravilloso.

Se dirigió a la puerta que conducía al jardín. Se puso las botas, el abrigo y el gorro y se dispuso a ir al cobertizo en el que se almacenaban todas las piezas. Tras llevar a la casa la enorme caja que contenía todos los adornos, se quitó la ropa de abrigo y regresó al salón con todos sus tesoros. Dejó la caja de adornos junto al árbol y se dirigió al equipo de música. Puso un CD e inmediatamente una versión orquestada de *Noche de paz* acompañada por el coro de una catedral resonó en la estancia. Entonces, respiró profundamente y regresó junto al elegante abeto para empezar a decorarlo.

Jake estaba sentado en la cama, sujetándose las rodillas con los brazos. No tenía interés alguno en ponerse a trabajar.

Se quedó completamente inmóvil al escuchar las notas de su villancico favorito procedentes del salón. Se colocó las manos por detrás de la cabeza y se recostó sobre las almohadas. La música lo invitaba a una pacífica contemplación, pero no le resultaba fácil. Se había sentido tan enojado por el hecho de que Ailsa lo hubiera rechazado que había permitido que su dolor lo consumiera. En realidad, no había tenido intención alguna de besarla, pero los sentimientos que se habían estado acumulando dentro de él desde que la vio el día anterior se habían hecho cada vez más difíciles de contener. Era como una presa a punto de desbordarse.

El beso que le había robado había sido inevitable, totalmente espontáneo... y maravilloso. Incluso en aquellos instantes el cuerpo de Jake se encontraba en la dolorosa disposición de hacerle el amor. Durante mucho tiempo después de que se separaran, toda la ropa de Jake había olido a Ailsa. Había sido una lenta y dulce tortura aspirar el aroma de su cuerpo sin ser capaz de extender la mano para tocarla. Cada día había sido una agonía para él porque no podía estar a su lado. Ninguna mujer había estado ni siquiera cerca de hacerle sentir lo que sentía junto a ella...

Con un gruñido, se puso de costado y, durante mucho rato, estuvo contemplado los relucientes copos de nieve cayendo sobre el alfeizar de la ventana. Entonces, la fatiga consiguió derrotarlo y hacer que cayera dormido.

El tercer CD de villancicos estaba a punto de terminar cuando Ailsa dio un paso atrás para observar el resultado de su trabajo. Los adornos hechos a mano que Saskia y ella habían estado preparando a lo largo de todo el año quedaban preciosos. Junto con las bolas y las luces, se podía decir por fin que el árbol estaba decorado. En cuanto empezara a anochecer, se vería en todo su esplendor.

Estaba encantada con el resultado de sus esfuerzos, por lo que se puso a canturrear el villancico que estaba sonando en aquellos momentos. Su letra no era la más alegre, pero a Ailsa le encantaba. La directora del orfanato en el que había crecido siempre le había dicho que era probablemente la predilección de los irlandeses por la tragedia lo que hacía que aquel villancico le gustara tanto.

Lo único que Ailsa sabía de su madre era que tenía tan solo dieciséis años cuando la tuvo y que era irlandesa. Años después, cuando trató de localizarla, lo único que encontró fueron cabos sueltos. Durante su matrimonio, Jake le sugirió que contratara al mejor de los detectives para que tratara de encontrarla, pero Ailsa siempre había declinado la oferta. Después de tantos años tratando de localizarla sin suerte, había decidido que no le serviría de nada seguir pensando en la mujer que era su madre. Le bastaba con saber que había sido abandonada y, por lo tanto, no deseada. Le había dicho a Jake que si su madre hubiera querido encontrarla, lo habría intentado hacía muchos años. La verdad era que Ailsa tenía miedo de encontrarla por si su madre volvía a rechazarla otra vez. No lo podría haber soportado.

Dejó a un lado tan tristes pensamientos y se puso a recoger todo lo que no había utilizado en la caja de cartón.

—Personalmente, me gustan mucho más otros villancicos. Este es demasiado... deprimente.

Ailsa estaba de espaldas a él con la caja entre las manos, por lo que se sobresaltó al escuchar la voz de Jake. Al darse la vuelta, se dio cuenta de que tenía el cabello revuelto, como si se acabara de levantar de la cama. Además, se había percatado de que su voz sonaba alegre, como si quisiera hacer las paces con ella por lo ocurrido antes.

–Antes puse otros, como *Noche de paz*.

–Lo sé, lo oí. Me hizo quedarme dormido.

–Debías de necesitar el descanso. ¿Te gusta el árbol?

–Es magnífico –dijo Jake mientras lo contemplaba–. Ojalá Saskia estuviera aquí para verlo.

–Bueno, lo verá cuando regrese el día de Nochebuena –repuso ella con una triste sonrisa–. Además, estoy segura de que tu madre también pondrá un árbol que será por lo menos igual de bonito que este.

–Tienes razón. Lo hará, aunque solo sea porque su nieta está en casa.

–Estas Navidades van a ser muy duras para ella. Son las primeras sin su esposo...

–Sí, pero tener a Saskia allí hasta el día antes la ayudará mucho.

–¿Vas a pasar el día de Navidad con ella?

–Ese es el plan, si este frío termina alguna vez.

Como la caja que Ailsa tenía entre las manos había empezado a ser demasiado pesada, la dejó en el suelo delante de ella. Cuando iba a volver a incorporarse, vio algo dorado. Metió la mano y sacó la pequeña figura de un ángel, para el que Saskia había hecho con mucho cariño un vestido. Un profundo amor por su hija se apoderó de ella. Con una sonrisa en los labios, se lo mostró a Jake.

–El hada que se coloca encima de árbol... Sé que en Dinamarca tenéis una estrella, pero aquí siempre hemos puesto un hada. Saskia se pasó mucho tiempo eligiendo la tela para hacerle el vestido. Es un poco ostentoso, pero bueno... es Navidad.

–¿Crees que nuestra hija tiene pretensiones de grandeza?

–¡Le encantan las cosas de chicas! Adora disfrazarse

y todo lo que sea hermoso. No se parece en nada a mí cuando yo era niña. Yo era un verdadero chicazo. Me encantaba vestirme con vaqueros y camisetas y estar cubierta de barro y tierra del jardín, donde solían encontrarme estudiando muy detenidamente la población de los gusanos.

–Y, después de estudiarlos, ¿qué hacías con ellos?

–¡Los llevaba a la casa para mostrárselos a todos!

–Debías de ser un verdadero torbellino para los que te criaron.

–¿Te refieres a los del orfanato? Supongo que sí. Yo no solía quedarme quieta en un rincón. Siempre estaba haciendo algo que no debería hacer. Era muy rebelde. En una ocasión, estuvieron a punto de adoptarme, pero yo no hacía más que salir huyendo. Los que querían adoptarme eran muy buenos, pero, para entonces, yo ya estaba tan acostumbrada al orfanato que no hacía más que escaparme de la casa, incluso por las noches. Al final, decidieron que no podían ocuparse de una niña que rechazaba todo el amor que ellos trataban de darle... Tal vez por eso no resultó fácil encontrar a nadie más que quisiera adoptarme. Yo no era la niña maleable y obediente que todos querían que fuera.

–Sin duda tenías mucha ira en tu interior. Bajo esas circunstancias, es comprensible.

–¿Quién sabe? Todo eso ya es pasado.

–Sí, es pasado –dijo él–. ¿Quieres que te ponga ese hada en lo alto del árbol?

–¿Me harías ese favor?

Jake era lo suficientemente alto como para no necesitar una silla. Cuando se estiró para hacerlo, el jersey y la camiseta se le levantaron dejando al descubierto su musculado torso. Ailsa se quedó boquiabierta. Jake siempre se había cuidado mucho, pero parecía estar mucho más en forma y más delgado que antes. Ella casi tuvo que contener un gruñido. Aún podía notar el sabor de los labios de él en los suyos... El recuerdo del apasionado beso aún la turbaba. De repente, su cuerpo entero se había visto completamente poseído por un profundo ansia carnal.

Cuando Jake se dio la vuelta para mirarla, Ailsa trató de mantener una expresión neutral.

–Genial –le dijo ella–. Es perfecto. A Saskia le va a encantar.

–¿Hay algo más con lo que quieras que te ayude?

–No, creo que no...

–¿Qué te parece si ponemos algunas luces en la fachada de la casa? Lo hacíamos siempre. ¿Te acuerdas?

Aquel recuerdo hizo que los ojos de Ailsa se llenaran de lágrimas. Para que él no se diera cuenta, se inclinó para volver a tomar de nuevo la caja y se dirigió hacia la puerta.

–Claro que me acuerdo –respondió–, pero hace mucho frío ahí fuera. ¿De verdad quieres salir para hacerlo?

–Bueno, creo que a Saskia le gustaría... ¿No te parece?

Eso bastó para que Ailsa estuviera convencida de que era una buena idea.

–Está bien. En ese caso, iré a buscar más luces al cobertizo.

–No. Tú quédate aquí. Dime dónde están y yo iré a por ellas.

Ailsa aún tenía la caja entre las manos. El corazón se le aceleró cuando Jake se acercó a ella y le dedicó una de sus maravillosas sonrisas. Le afectó tanto que, de algún modo, la caja se le escurrió entre los dedos y cayó al suelo. El contenido se derramó en torno a sus pies con los brillantes colores de un caleidoscopio.

–¡Qué torpe soy! –exclamó mientras se agachaba urgentemente para recogerlo todo.

–No digas eso. No eres torpe –dijo él mientras la ayudaba a levantarse.

Las manos de Jake eran como un hierro candente en torno a sus brazos. Ailsa se sentía tan cautivada por su cercanía, por el potente deseo que vio reflejado en aquellos brillantes ojos azules, que se vio incapaz de zafarse de él.

Capítulo 5

ERES tan hermosa...

A Ailsa le resultaba demasiado duro escuchar un cumplido en los labios de Jake cuando parecían llevar enfrentados tanto tiempo.

–No me digas esas cosas...

–¿Y, por qué no, en nombre de Dios?

–Porque, si me dices esas cosas, no puedo seguir enfadada contigo –susurró ella con un hilo de voz.

Ailsa se había estado inclinando casi inconscientemente hacia él, por lo que no sabía ni le importaba quién hizo el primer movimiento. Sin embargo, en cuanto sus labios se unieron, supo que estaba perdida, atrapada en un torbellino al que no podía resistirse. Por lo tanto, no protestó siquiera cuando Jake le agarró el rostro para poder besarla y devorarla tal y como ella ansiaba que lo hiciera. No le cabía la menor duda. Debían dejar que el deseo encontrara su camino. Bebió de él con idéntica pasión y ardor, sin apenas darse cuenta de que la incipiente barba de Jake le arañaba la piel. Le enredó los brazos en la cintura, gozando secretamente de aquel hombre tan fuerte e indomable, de su potente físico y de su apostura. Decidió que, tal vez, su presencia era lo que más había echado de menos.

Jake fue quien recuperó primero la cordura. A pesar de que seguía enmarcándole el rostro con las manos, apartó los labios de los de ella.

–Ya sabes dónde va a terminar esto si no ponemos punto final ahora mismo, ¿verdad? ¿Estás lista para eso, Ailsa? ¿Es eso lo que deseas?

En realidad, no había querido que él le diera aquella elección. Si Jake hubiera seguido besándola, seguramente habría sucumbido ante él. Sin embargo, Jake le había dado la posibilidad de dar un paso atrás. Dado que la cordura había prevalecido, decidió que lo mejor era actuar en consecuencia.

–Lo siento –murmuró. El rostro le ardía de culpabilidad y vergüenza–. Ha sido un momento de debilidad.

–Lo que hubo entre nosotros jamás fue débil, nena. Fue siempre como una tormenta. Parece que algunas cosas no han cambiado tanto como pensábamos...

–No puedo negarlo, pero sé que si nos dejamos llevar podríamos satisfacer una necesidad momentánea. Sin embargo, esto no va a arreglar nada. ¿Cómo podría hacerlo? Hemos construido unas vidas separadas, Jake. Tal vez no sean perfectas, pero vivir separados ha evitado que nos culpáramos el uno al otro por lo que ocurrió y que estuviéramos siempre enojados. Hacia el final de nuestro matrimonio, nos portábamos muy mal el uno con el otro y eso es algo de lo que realmente me arrepiento. Añadimos más sufrimiento haciéndonos sentir culpables el uno al otro. Al menos, ahora los dos tenemos un poco de paz y nuestra hija también.

–¿Paz? ¿Es así como lo llamas? –replicó él–. El recuerdo de aquel accidente es como verme perseguido día y noche por una manada de lobos rabiosos. Haga lo que haga, vaya donde vaya, jamás me veo libre de la oscuridad que me reporta. Me alegro de que tú sientas esa paz de la que hablas. De verdad. Sin embargo, yo no puedo decir lo mismo. Iba a colgarte esas luces, así que iré a buscarlas.

Jake salió por la puerta antes de que Ailsa pudiera llamarlo siquiera.

Tras añadir otro leño al fuego, Ailsa se sentó sobre los talones y miró al reloj que había sobre la chimenea. Se percató de que Jake llevaba al menos dos horas en el exterior, colgando las luces sobre la fachada. Hacía un rato le había llevado una copa de ponche caliente sin alcohol. Él se lo había tomado sin bajarse de la escalera, le había dado las gracias y se había puesto de nuevo a trabajar prácticamente sin mirarla.

La tensión que había entre ellos era como una gélida espina en el corazón de Ailsa. Cuando el tiempo mejorara, seguramente el abismo que los separaba se habría ampliado. Tragó saliva y pensó en las posibles implicaciones que eso tendría para su hija. Entonces, se puso de pie con gesto impaciente y regresó a la cocina. De algún modo, tenían que hacer las paces, aunque solo fuera por el bien de Saskia.

Justo al entrar, se abrió la puerta trasera y Jake asomó la cabeza.

–He terminado. ¿Quieres salir para verlo?

Cuando él la miró, Ailsa se quedó prácticamente sin palabras por el deslumbrante brillo de aquellos penetrantes ojos azules. Resultaba tan fácil caer en trance con tan solo mirarlos...

–Dame un minuto. Voy a por mi abrigo.

La fachada de la casa relucía con bombillas blancas, colocadas en arcos concéntricos, como si fuera un maravilloso collar de diamantes. Aunque a Ailsa se le daba bien el diseño, sabía que jamás se le habría ocurrido algo tan hermoso ni de una elegancia tan exquisita. Se sintió muy halagada porque Jake se hubiera tomado tanto tiempo y tantas molestias, sobre todo con un tiempo tan malo.

Se dio la vuelta para mirarlo y vio cómo el gélido viento le había dejado las mejillas cortadas y enrojecidas. Sintió una gran preocupación por él.

–Has hecho un trabajo maravilloso. Saskia se pondrá contentísima cuando lo vea.

–Estarán aún mejor cuando las encendamos más tarde.

–Sí, pero deberías entrar en casa ahora y calentarte. Pareces medio congelado. ¿Tienes hambre? Prepararé café y unos bocadillos.

–Me parece estupendo.

Jake se quitó las botas sobre la alfombrilla antes de entrar en la cocina. Entonces, colgó el abrigo y trató de quitar parte de la nieve que se había quedado pegada. Estaba temblando de frío, por lo que dio palmadas con las manos para tratar de volver a restaurar la circulación. Resultaba difícil recordar la última vez que había tenido tanto frío, sobre todo porque no se había puesto guantes para realizar su trabajo. Sin embargo, las condiciones adversas y el duro trabajo habían valido la pena tan solo por escuchar el placer que se reflejaba en la voz de Ailsa por el resultado y por imaginarse la alegría de su hija cuando viera las luces.

Echaba mucho de menos a su hija... Le encantaría poder pasar con ella el día de Navidad, viéndola abrir los regalos. Desgraciadamente, no iba a ser posible. Saskia estaría en Inglaterra mientras que él estaría con su madre en Copenhague. Jake se había pasado solo las últimas cuatro Navidades. Había rechazado las invitaciones que su madre le había hecho para pasarlas con su madre y con su padre. La relación entre padre e hijo era más tensa desde que Jake había expresado su deseo por insuflar aires nuevos a la empresa. En vez de sentirse halagado por las ideas de Jake, su padre había considerado sus esfuerzos como un intento de usurpación de poder. Parecía que, hiciera lo que hiciera, Jake jamás podría conseguir la aprobación de su progenitor. Por ello, pasar las Navidades junto a sus padres solo habría exacerbado su intranquilidad y su dolor.

Al entrar en la cálida cocina, encontró a Ailsa canturreando otro villancico mientras cortaba el pan. De repente, comprendió que no solo era su hija con la que quería pasar el día de Navidad. Rápidamente, apartó el pensamiento para no provocarse un sufrimiento aún mayor.

—Yo prepararé el café.

—¿No te importa?

Ailsa le lanzó una distraída sonrisa que le afectó profundamente. Aunque acababa de pasarse dos horas a la intemperie colocando las luces, el cuerpo aún le ardía con la clase de ardor que podía incendiar un bosque.

—Jake, ¿te encuentras bien?

—Es una pregunta un poco complicada –dijo él mientras se dirigía a la encimera para conectar el hervidor de agua–. ¿Dónde tienes el café?

—He comprado una nueva mezcla de café de Colombia. ¿Quieres probarlo? Está en el tarro de porcelana blanca, el que me dio tu madre en la primera Navidad que pasamos juntos.

Jake suspiró para apartar el agridulce recuerdo y olfateó apreciativamente el café que contenía en su interior.

—Huele muy bien. ¿Vas a tomarte tú también una taza o prefieres té como de costumbre?

—Me tomaré una taza de café contigo. Si quieres, prepáralo en la cafetera grande.

—Veo que estás rompiendo la rutina.

Ailsa dejó de untar mantequilla en el pan y lo miró.

–De vez en cuanto, me gusta una taza de café, ¿sabes? No siempre tomo té. Me haces parecer muy previsible y muy aburrida.

Jake sonrió.

–No estaba sugiriendo nada de eso. Jamás te acusaría de ser algo así. De hecho, que no fueras previsible me mantuvo siempre en vilo durante nuestro matrimonio.

–Ahora parece que yo no era muy de fiar. De todos modos, ¿a qué te refieres? –le preguntó ella con gesto perplejo e irritado a la vez.

–No quería sugerir que no fueras de fiar, sino que a veces decías que ibas a hacer una cosa y en el último minuto preferías hacer algo completamente diferente. ¿Tenemos que repasar los detalles? –le preguntó mientras medía cuidadosamente dos partes de café y las ponía en la cafetera–. ¿No te parece suficiente que me viera seducido por tu arriesgada naturaleza? Te aseguro que no me estaba quejando.

–En ese caso, no pasa nada –replicó ella. Entonces, se puso de nuevo a preparar los bocadillos.

Sin saber por qué, Jake se sentía animado por el hecho de que a Ailsa aún le importara lo que él pensara de ella.

–¿Calentaste la cafetera antes de poner los granos? –añadió ella mientras terminaba de colocar los bocadillos en platos y los llevaba a la mesa.

–No, lo siento...

–No importa. A mí también se me olvida a veces –dijo ella mientras le dedicaba una cálida sonrisa. De repente, el frío invernal que habitaba en él se vio sustituido por un cálido verano.

–Menos mal. Pensaba que estabas a punto de echarme a los leones... –comentó él en tono de broma.

–Yo jamás haría eso... Ven a comerte los bocadillos

–dijo ella. Tenía las mejillas ruborizadas y parecía algo incómoda. Se sentó a la mesa.

–Prepararé primero el café.

Cuando Jake se sentó por fin frente a Ailsa, apoyó los codos sobre la mesa y entrelazó las manos. No hizo además alguno de tocar la comida ni el café. Prefería contemplar los exquisitos rasgos que tenía delante de él y que le aceleraban los latidos del corazón cada vez que los contemplaba.

–Estás a kilómetros de distancia de aquí. ¿En qué estás pensando?

–Estaba pensando en lo mucho que Saskia se parece a ti –mintió.

–Tiene tus maravillosos ojos –replicó ella suavemente mientras se encogía de hombros.

–Los ojos azules son muy comunes en mi país –dijo él, aunque la calidez que sentía en el vientre se multiplicó por diez.

–Pero hay muchas tonalidades de azul. Y la tuya es particularmente rara. Es el color del cielo al atardecer.

El silencio cayó entre ellos mientras cruzaban las miradas, impregnadas de un deseo que, de algún modo, se escapaba indemne de las cenizas del pasado. Jake casi no se atrevía ni a respirar por si hacía que desapareciera.

–¿Sirvo el café?

Ailsa levantó la cafetera y sirvió dos tazas que Jake había llevado a la mesa. Él notó que la mano le temblaba ligeramente.

–Me temo que voy a tomarlo con un poco de leche y azúcar. No me lo puedo beber solo –dijo ella. Se levantó rápidamente de la silla, dejando tras ella el rico aroma de su particular fragancia a sus espaldas.

Jake sintió que se le hacía un nudo en el estómago.

–¿Te ha dicho Saskia lo que le ha pedido a Papá Noel estas Navidades? Supongo que deberíamos comparar notas por si repetimos regalo –comentó ella mientras se servía leche y azúcar en el café y daba un sorbito–. Mmm, ahora sí que está bueno.

De repente, Jake recordó el sobre que había metido en su bolsa de viaje. Saskia se lo había dado antes de marcharse.

–Tengo algunas cosas que pensé que le podrían gustar, antes de que me marchara me anotó algunas recomendaciones en una carta que va dirigida a ambos. Podríamos echarle un vistazo juntos, si quieres.

–Buena idea, aunque ella nunca pide muchas cosas... Hoy los niños tienen que soportar tanto... Me preocupa un poco que Saskia no me diga si hay algo que le preocupa. ¿Te ha dado a ti alguna vez esa impresión?

–De hecho, sí. Por eso pensé que sería una buena idea que ella pasara unos días más con mi madre. Creo que es más probable que si hay algo que le preocupe le resulte más fácil decírselo a su abuela que contárnoslo a nosotros.

–A veces, resulta muy difícil criar un hijo. Es decir, es algo maravilloso, pero cuando estás en la cama por las noches, te quedas despierto preguntándote si te has equivocado en todo... Te preocupas de que hayas podido pasar por alto algo vital que tenga un impacto significativo en sus vidas más tarde. ¿Sabes a lo que me refiero?

Para Jake no era fácil responder a esa pregunta, aunque los dos tenían la custodia compartida. Ailsa llevaba el peso del cuidado de Saskia. Él deseaba de todo corazón que las cosas pudieran ser diferentes y que, la terrible noche del accidente, hubieran podido superar aquella devastadora tormenta sin que se produjera accidente alguno...

–Es cierto... pero en realidad me parece que lo único que podemos hacer los padres es hacer lo que podamos. Si aman a sus hijos sin condiciones, pase lo que pase, todo tendrá una solución.

–Estoy segura de que tienes razón –dijo Ailsa mientras le entregaba su plato–. Tómate el bocadillo. Es solo de jamón y mostaza. Nada especial. Debes de estar muerto de hambre.

–Tú también deberías comerte el tuyo. Casi no has comido nada esta mañana.

–¿Estás tratando de engordarme? –bromeó ella.

–No me importaría que estuvieras gorda o delgada mientras fueras feliz –afirmó él mirándola fijamente.

Ailsa suspiró y apartó la mirada.

–Estoy bien y contenta. Es solo que... No importa.

–¿Qué?

–No es nada... De verdad.

–Dímelo.

–Ojalá hubiéramos hablado más cuando estábamos juntos, eso es todo. Tú estabas tan centrado siempre en hacer prosperar el negocio familiar que no había sitio para mucho más en tu vida. De todos modos... No quiero volver a discutir, por lo que voy a dejar el tema por el momento. Ahora, tomémonos nuestros bocadillos y nuestro café, ¿de acuerdo? Lo único que tenemos que hacer es permanecer sentados aquí en casa y mirar por la ventana sabiendo que no podemos ir a ninguna parte ni hacer nada. Jamás se te dio muy bien relajarte.

–¿Cómo dices? –replicó él–. ¿Y a ti sí?

–Al menos yo era capaz de permanecer sentada y hacer punto. De hacer algo productivo y de relajarme al mismo tiempo.

–Supongo que ahora me vas a sugerir que empiece a hacer punto...

Ailsa estaba a punto de dar un sorbo a su café cuando soltó una carcajada.

–Eso sería lo más divertido del mundo –comentó, riendo.

–Me alegro de que te lo parezca –dijo él. Sintió deseos de echarse también a reír y, a duras penas, consiguió mantener la seriedad.

–No seas tan serio –le regañó ella alegremente–. Aparentemente, cada vez hay más hombres que tienen el punto como pasatiempo.

–Ahora te estás pasado –repuso él con una ligera sonrisa–. Además, no tengo dedos delgados y elegantes como tú. ¡Tengo las manos demasiado grandes para sujetar unas agujas de hacer punto!

–A ver.

Antes de que Jake pudiera impedírselo, Ailsa le agarró las manos y comenzó a examinárselas. El modo en el que contuvo la respiración hizo que a Jake le diera un vuelco el corazón. Ella contemplaba las cicatrices que le decoraban la piel. Algunas eran profundas y desgarradas, otras finas y pálidas.

–Se me había olvidado...

Jake quiso retirar las manos, pero ella no se lo permitió. Ailsa comenzó a acariciarle suavemente las cicatrices con los dedos. El roce de aquella piel tan suave resultaba demasiado tranquilizador y demasiado hipnótico como para que él pudiera liberarse de ellas.

–Siempre me han encantado tus manos, ¿sabes? –dijo ella mirándolo directamente a los ojos–. No importa que estén llenas de cicatrices. No te restan valor alguno, Jake. Tienes esas cicatrices porque me estabas protegiendo... son las manos de un héroe.

El corazón de Jake comenzó a latir con fuerza. Durante un largo instante, no pudo pensar. Cuando por fin consiguió hacerlo, apartó las manos y comenzó a frotárselas con desagrado.

–Te aseguro que heroicas es lo último que son estas manos –musitó con furia–. Al final, no te protegieron.

–Todo ocurrió demasiado rápido –recordó ella con expresión horrorizada–. Fue como una terrible pesadilla.

¿Qué más podrías haber hecho? Hiciste todo lo que pudiste para protegerme a mí y al bebé. Arriesgaste la vida por nosotros y, haciéndolo, resultaste gravemente herido.

Jake tomó un sándwich y le dio un bocado. Sin embargo, la angustia que sentía en la boca le impidió saborearlo. Lo devolvió al plato y se levantó de la mesa. Al llegar a la puerta, levantó las manos con un gesto de disculpa.

–No puedo hacer esto. No puedo seguir recordando lo que ocurrió. Solo terminaré sintiendo que toda mi vida ha sido una pérdida de tiempo.

–Eso es horrible... ¿Cómo podrías pensar algo así ni siquiera por un momento? ¿Y tu hija? ¿Cómo crees que se sentiría ella al oírte hablar de ese modo? Es como si te hubieras resignado a no tener nada. Seguramente pensaría que no tiene posibilidad alguna de hacerte feliz.

Sabiendo que no le gustaría que Saskia le oyera hablar de ese modo o que creyera que su existencia no significaba nada para Jake, él trató de recuperar la compostura mientras veía la mirada de turbación que había en los ojos de Ailsa.

–Un héroe, ¿eh? –dijo.

Entonces, se dio la vuelta y comenzó a subir las escaleras para regresar a su habitación.

Capítulo 6

EL COMENTARIO de Jake en el que se subestimaba a sí mismo permaneció flotando en el aire mucho tiempo después de que él se marchara de la cocina. Ailsa sentía deseos de llorar.

Claro que era un héroe. Sintió miedo de haber sido demasiado duro con él en el momento del accidente y durante el largo periodo de recuperación que los dos habían tenido que soportar. La pena y la ira por la pérdida de su bebé y el hecho de darse cuenta de que jamás volvería a tener hijos habían tenido a Jake como chivo expiatorio. No era de extrañar que él hubiera querido divorciarse.

El corazón le latía con fuerza. Sin embargo, entonces regresó el difícil recuerdo de que, incluso antes del accidente, el matrimonio de ambos había estado en peligro. Había sido todo tal y como ella se lo había descrito a Jake anteriormente. No habían hablado lo suficiente porque él siempre estaba trabajando. Jamás habían comentado lo que era importante para ambos. Nunca habían descubierto quiénes eran en realidad ni lo que los había convertido en las personas que eran. Simplemente, habían confiado en que la casualidad hiciera que las dificultades desaparecieran para que todo volviera a estar bien.

El único lugar en el que Jake había revelado sus sentimientos había sido en la cama. Por muy maravilloso que hubiera sido, no había bastado para ayudar a que la relación perdurara. Habían necesitado construir unos cimientos de sinceridad, respeto y verdad que los hubiera ayudado a superar los tiempos difíciles. No había sido así.

Llegó a la conclusión de que, aunque fuera lo único que hiciera, tenía que conseguir que Jake se marchara de allí sabiendo que ella no iba a añadir nada más a su sufrimiento. Si podía convencerlo de que en el futuro solo quería lo mejor para él, que lo perdonaba por el modo en que las cosas habían salido entre ellos y se lamentaba sinceramente de todo el mal que lo que ella hubiera dicho o hecho hubiera podido causarle, entonces, tal vez podrían al menos despedirse como amigos.

Guardó los bocadillos que no habían consumido en el frigorífico. Decidió que aquella noche prepararía una cena deliciosa. Tal vez aquello pudiera significar un nuevo comienzo para ambos como amigos. Entonces, sintió una extraña sensación en el corazón y comprendió que ella no quería ser tan solo la amiga de Jake. Quería... Quería...

Recordó la deliciosa y cálida sensación de sus seductores labios, cómo su firme cuerpo encajaba perfectamente en el de ella como si hubieran sido creados exclusivamente el uno para el otro... Después, como un golpe que no fue lo suficientemente rápida para evitar, el recuerdo del hijo de ambos creciendo en su vientre, los besos que Jake le daba en la tripa todas las noches antes de irse a dormir. Se sintió completamente desolada.

Ahogó un sollozo y decidió centrar sus pensamientos en la hija que seguía con vida, en su querida Saskia. El corazón se le tranquilizó al recordar que la niña estaría en casa al cabo de pocos días.

Entonó una silenciosa y sincera plegaria para que Jake y ella pudieran encontrar de algún modo la manera

de conseguir que las horas que pasaran juntos antes de
que él tuviera que regresar a Copenhague fueran mucho
menos traumáticas y dolorosas para ambos. Entonces,
abrió su libro de recetas favorito, decidida a buscar la
receta del apetitoso plato que prepararía para cenar.

Al abrir los ojos, Jake se dio cuenta de que debía de
haberse quedado dormido otra vez. Estaba tumbado sobre la cama, observando las vigas del techo cuando, de
repente, debió de quedarse traspuesto. El agotamiento
emocional que lo visitaba con regularidad desde el accidente se había apoderado con fuerza de él.

Se sentó en la cama y se mesó el cabello con los dedos. Entonces, se frotó el pecho porque le dolía el corazón. El sentimiento de pérdida que a veces lo aprisio-
naba cuando se despertaba volvió a apoderarse de él. La
voz sonaba absolutamente desolada, incluso para sus
propios oídos. Su retorno a la consciencia se vio acom-
pañado por otro turbador elemento. A pesar de estar en
coma, no había dejado de soñar... Su mente había estado plagada de imágenes de Ailsa, de su mirada incandescente, de su lustroso y largo cabello, de su hermosa
figura y de su piel sin mácula alguna. Lo más turbador
de todo era que aquellas imágenes iban acompañadas de
una fuerte carga erótica.

Comprendió que si no se limpiaban pronto las carreteras de nieve iba a tener un buen problema. Desear a
su exesposa no había sido uno de los problemas que había previsto cuando decidió realizar aquel viaje.

Sacó las piernas de la cama y vio que ya estaba ano-
checiendo. Extendió la mano hacia la lámpara para en-
cenderla e iluminar la creciente oscuridad. Si la temperatura de la habitación no hubiera sido tan fresca, se habría
dado una ducha de agua fría para aplacar el deseo en el

que lo estaban sumiendo los sueños eróticos que tenía con Ailsa. Al mismo tiempo, cuando se despertó por completo, se sintió muy preocupado por el hecho de que ella no tuviera un sistema de calefacción mejor en la casa.

Durante unos instantes, la necesidad sexual se vio ensombrecida por la irritación y la frustración que sentía por el hecho de que ella no hubiera utilizado parte del dinero que él le había dado para vivir más cómodamente. Después de todo, no debería pensar tan solo en sí misma. ¿Acaso no se merecía su hija beneficiarse de la riqueza de su padre?

Ailsa estaba cocinado otra vez. Un delicioso aroma emanaba de la cocina. Mientras Jake bajaba las escaleras, sintió que el estómago le protestaba por el hambre. Recordó que no había comido el bocadillo que Ailsa le había preparado antes.

Al entrar en la cocina, vio que ella estaba removiendo algo en una enorme olla de hierro que había sobre la cocina. Estaba de espaldas a él.

Sin embargo, lo primero que Jake le preguntó no tenía nada que ver con su manera de cocinar.

—¿Has probado los teléfonos para ver si ya funcionan?

Ailsa se dio la vuelta mientras se limpiaba las manos sobre el delantal.

—Sí. Me temo que seguimos igual.

—Es una pena...

—Siento que la noticia te desilusione tanto. ¿Has descansado? Pareces mucho menos cansado que antes —comentó ella con una sonrisa angélica.

—¿Qué es lo que me has hecho? ¿Me has puesto algo en el café? ¡Creo que no he dormido tanto en toda mi vida!

La sonrisa de Ailsa no desapareció. Se encogió de hombros. Su expresión serena era la personificación misma de la amabilidad.

–En ese caso, ha debido de ser exactamente lo que necesitabas. Me da envidia. Esta noche, estoy preparando *coq au vin* para cenar. Pensé que vendría bien algo más sustancioso y tal vez un poco más arriesgado.

–No quiero que te pases todo el tiempo cocinando para mí. No soy un inútil. Puedo prepararme algo yo solo.

–Estoy segura de ello –replicó ella, algo más tensa, como si él la hubiera ofendido–. Sin embargo, estoy preparando esta cena especial como una especie de tregua entre ambos. Cuando llegue el momento de que te marches, quiero que sepas que, si quieres volver a visitarnos, eres bienvenido en esta casa.

–Bueno, no parece que ese momento vaya a llegar pronto, al menos no esta noche.

Jake se puso a mirar por la ventana y comprobó que no parecía que fuera a dejar de nevar en un futuro cercano. No podía dejar de pensar que Ailsa le había dicho que sería bienvenido en su casa si quería regresar en otra ocasión. Sin embargo, se sentía frustrado por no poder regresar aún a Copenhague para poder terminar su trabajo y pasar un poco de tiempo con Saskia y su madre. Esa frustración se vio acrecentada por el hecho de no poder controlar el deseo que se apoderaba automáticamente de él en cuanto estaba con Ailsa. El simple hecho de estar en la misma habitación que ella se convertía en un tormento que lo ponía a prueba más allá de lo que se creía capaz de soportar.

–La cena estará lista dentro de media hora aproximadamente. ¿Te importaría ir al comedor para encender las velas? Si necesitas repuestos, encontrarás más en el cajón del aparador.

–Por supuesto que no –dijo él con una leve sonrisa en los labios. Ailsa no sabía que sería capaz de hacer cualquier cosa por ella, por recibir una dulce y angelical sonrisa como la que ella le había dedicado antes.

–¿Te hace gracia algo? ¿Acaso tengo la nariz manchada o algo así?

–No. Tu rostro está bien. De hecho, es perfecto. Simplemente me divertía pensar en lo que estaría dispuesto a hacer tan solo para recibir una de tus sonrisas.

–¿De verdad? –susurró ella.

–De verdad. ¿Tienes cerillas también en el cajón del aparador?

–Sí...

–En ese caso, es mejor que vaya a encender esas velas.

Jake se dirigió al comedor y, tras encender la luz, avanzó hacia el aparador, donde estaban unos elegantes candelabros de plata. Entonces, abrió el cajón para sacar la caja de cerillas. Acababa de encender una, cuando, de repente, todo quedó sumido en la más absoluta oscuridad. Rápidamente, encendió las velas y tomó uno de los candelabros para dirigirse hacia la cocina. En el pasillo, se topó con una agitada Ailsa, que había salido de la cocina para ir en su busca.

Bajo la suave luz de las velas, los hermosos ojos de color ámbar relucían como los de un gato.

–Debe de haberse ido la luz. Hacía mucho desde la última vez que se fue, aunque esto es algo que ocurre aquí de vez en cuando.

–¿Por qué no me sorprende eso? ¿Has comprobado si ha saltado la luz aquí en tu casa?

–Fue lo primero que hice. No ha saltado ninguna de las llaves, por lo que se debe de haberse ido la luz en toda la zona.

–Toma esto –dijo él entregándole el candelabro antes de regresar al comedor para recoger el que allí había quedado–. Vamos a la cocina –añadió cuando regresó.

Al entrar en la cocina, Ailsa se dirigió al fogón y se puso a remover la fragante sopa que estaba cocinando.

–Gracias a Dios la cocina no funciona con electricidad –comentó–. Al menos, no se nos va a estropear la cena.

Jake dejó su candelabro sobre la mesa y se acercó a ella.

–¿Y qué me dices de la calefacción?

–Me temo que esa sí utiliza la electricidad –admitió con pesar–, pero tengo la estufa de leña en el salón. Podemos ir a cenar allí si quieres.

–Cuando ha habido cortes de luz antes, ¿han durado mucho?

–El último duró un día entero. Fue un incordio porque perdimos todo lo que teníamos en el congelador. Aparte de eso, nos las apañamos.

–Ya sabes mi opinión sobre el hecho de que mi hija y tú os las «apañéis». ¿No te parece que es una locura vivir en un lugar tan aislado, en el que, potencialmente, podríais quedaros aisladas del resto del mundo por el mal tiempo y que, además, sufrís cortes de luz que os pueden dejar sin luz ni calefacción durante Dios sabe cuánto tiempo?

–Eso es un poco dramático. En las grandes ciudades también hay cortes de luz. Además, llevo viviendo aquí mucho tiempo ya. Estoy acostumbrada a esta casa y me gusta.

–Al menos, deberías comprarte tu propio generador para que tengas una fuente de energía propia si esto vuelve a ocurrir. Mira, este probablemente no sea el momento para hacer que te pienses lo de mudarte de esta casa a un lugar menos apartado, pero ahora que he comprobado por mí mismo lo que nuestra hija y tú tenéis que soportar aquí, te prometo que no voy a dejar el tema.

Ailsa se inclinó sobre una de las alacenas que había junto a la cocina para sacar dos platos hondos y dos llanos. Entonces, los colocó en la parte baja del horno para calentarlos. Cuando se incorporó de nuevo, Jake comprobó que tenía las mejillas muy sonrojadas. ¿Estaba ella enojada con lo que le acababa de decir? Si era así, había preferido no expresarse. Jake se preguntó por qué. La Ailsa que había conocido después del accidente solía explotar por la más mínima cosa.

–¿Te parece que cenemos aquí? –sugirió ella–. El calor del horno nos calentará durante un rato.

Después de lanzar una mirada furtiva al rostro de Jake, que seguía siendo hermoso a pesar de las cicatrices, Ailsa se alegró de no haber respondido a la declaración de Jake de que Saskia y ella deberían vivir en otro lugar menos remoto. Se habría prometido a sí misma que no le daría más motivos de infelicidad y mantendría su palabra. Cuando él se marchara, quería que él supiera que vivir allí no era tan horrible o inconveniente como él había imaginado. También quería que él se diera cuenta de que era una mujer mucho más fuerte y capaz que antes. Se había forjado una buena vida para su hija y para ella después de la terrible tragedia que los había herido y desmoralizado a los dos.

–No sé lo que viste en mí cuando nos conocimos –dijo ella casi sin pensárselo.

Jake la miró fijamente.

–Eso es fácil –respondió tras una pausa–. Vi una joven muy hermosa, tímida e insegura en un ambiente al que, evidentemente, no estaba acostumbrada. Sin embargo, estaba decidida a hacer un buen trabajo.

–Lo de tímida e insegura define perfectamente cómo era entonces. Tenía tanto miedo de cometer un error que prácticamente me moría de miedo cada vez que sonaba el teléfono.

–Te has dejado lo de hermosa.

–¿Cómo dices?

–Yo he dicho que eras hermosa, tímida e insegura.

–En realidad, yo nunca me sentí muy hermosa y no busco que tú me hagas cambiar de opinión. La verdad es que me quedé de piedra cuando vi que alguien como tú mirara siquiera a una chica como yo.

–¿Alguien como yo?

–Sí. Alguien que parecía tenerlo todo: atractivo, dinero, posición... Realmente, me costó mucho comprender el interés que podrías tener por mí.

–¿Acaso no te percatabas de cómo te miraban los otros hombres cuando tú entrabas en una sala?

–No...

En realidad, Ailsa solo veía los ojos de Jake. Desde la primera vez, cuando Jake se presentó ante ella, se había sentido completamente cautivada por él. Los otros hombres quedaron relegados a un segundo plano en comparación.

–¿Por qué no nos vamos a terminar nuestras bebidas al salón? Está empezando a hacer un poco de frío aquí y, allí, podemos echar más leña a la estufa –sugirió Jake mientras se ponía de pie.

Ailsa miró distraídamente la copa de vino que, prácticamente, no había tocado y sintió que el corazón se le aceleraba al pensar que iba a sentarse frente al fuego en compañía de Jake, tan solo con la luz de las velas y de la propia fogata.

–¿Estás seguro de que no quieres otra cosa que no sea zumo de naranja? –le preguntó mientras tomaba su copa con mano temblorosa–. ¿No preferirías una copa de vino?

–Sí, estoy seguro. No quiero otra cosa.

–¿Ya no te gusta?

–No.

–¿Te puedo preguntar por qué?

–No toco el alcohol porque no puedo encontrar placer en algo que puede ser potencialmente tan destructivo.

Ailsa sintió un puño frío en el vientre. Apartó la mano de la copa de vino como si el cristal quemara.

–¿Es porque el conductor que se chocó contra nosotros iba completamente borracho?

–Sí, pero no quiero decir que tú no deberías disfrutarlo. Siento no haberme expresado bien.

–No es eso. Prefiero escuchar la verdad, aunque me resulte difícil escucharla. Creo que ha habido demasiadas cosas sin explicar entre nosotros. Nos hemos culpado por tantas cosas...

Jake la estuvo contemplando durante unos instantes. Entonces, volvió a tomar la palabra.

–Vamos al salón, ¿de acuerdo? Tú toma uno de los candelabros que yo llevaré el otro. Y tráete tu copa de vino.

–Ya no la quiero.

–Tráela –insistió él.

Cuando colocaron los candelabros de la mejor manera posible para iluminar el salón, Jake se sentó en uno de los cómodos sofás y Ailsa en el otro. El mero hecho de que lo hubieran realizado tan automáticamente apenaba a Ailsa más de lo que era capaz de expresar. Tenía entre las manos la copa de vino que ya no tenía intención alguna de beber y se puso a mirar el fuego para no tener que mirar a su ex.

–Regresa a mi lado, Ailsa.

–¿Cómo dices?

La profunda voz de Jake la había sobresaltado tanto que estuvo a punto de derramar el vino.

–Te has ido a un lugar en el que no te podía ni siquiera alcanzar. No me gusta que eso ocurra. Me preocupa.

–Yo... estaba pensando que es una pena que no podamos encender las luces de Navidad –mintió–. Te has esforzado tanto por colocarlas...

–Ya las encenderemos mañana. No es el fin del mundo que no podamos encenderlas esta noche.

–No, no lo es. El fin del mundo ya lo hemos visto, ¿verdad?

Jake se levantó para echar un nuevo leño a la estufa. Ailsa no pudo evitar mirar las largas piernas, enfundadas en unos caros vaqueros cuando él se plantó delante de ella. Suavemente, Jake le quitó la copa de las manos y la dejó en una mesita cercana.

–Ven aquí.

Ella no tuvo fuerzas para protestar. Además, ¿cómo podía discutir con el hombre en torno al que había construido todos sus sueños de amor y esperanza? Era una delicia tenerlo tan cerca.

De repente, Jake colocó las manos sobre las caderas de Ailsa. Ella sintió cómo el contacto le abrasaba la piel a través de la gruesa tela vaquera.

–Ojalá no estuvieras sufriendo tanto. Me duele mucho pensar que puedas estar sufriendo de algún modo.

–No es culpa tuya. Es que a veces se apoderan de mí los sentimientos más horribles. Son sentimientos creados por los terribles recuerdos del coche que se estrelló contra el nuestro. Aún puedo oír el chirrido de los neumáticos. Aunque me digo que los recuerdos se borrarán poco a poco porque el dolor no puede durar eternamente, creo que ni siquiera yo me lo puedo creer. La mayoría del tiempo trato de tener una actitud positiva, no dejar que las cosas me hundan, sobre todo por el bien de Saskia. Entonces, algo me lo recuerda y el dolor regresa y me convierte en una mentirosa. Tan solo me gustaría que volviera a ser primavera para poder abrir todas las ventanas y respirar con más libertad. ¿Sabes lo que quiero decir? A veces me siento tan atrapada que me parece que no puedo correr lo suficientemente lejos como para poder escapar. Por supuesto, solo trato de escapar de mí misma.

Jake no respondió. No tenía que hacerlo. Resultaba suficiente para Ailsa que él la hubiera escuchado y que comprendiera lo que decía. Soltó un suspiro y, entonces, comenzó a besarla. Lo hizo como si el deseo le hubiera surgido puro desde el alma. Si Ailsa sintió la más ligera inclinación a recuperar el control, lo dejó escapar de buen grado. Bajo los devastadores sentimientos y la salvaje necesidad, se sentía tan frágil como un junco, empujado por un huracán hacia las tempestuosas aguas de una atronadora cascada.

Capítulo 7

JAKE hizo que Ailsa se tumbara en el sofá que quedaba a sus espaldas sin separar ni siquiera por un momento los labios de los de ella ni las manos de su cuerpo. El deseo negado durante tanto tiempo ya no pudo contenerse ni un segundo más. Se aferraron el uno al otro como si temieran que una tormenta los zarandeara y los separara para siempre.

Ailsa estaba debajo de Jake. Le mesaba ávidamente el cabello con los dedos. Sus sentidos se veían bombardeados por el aroma de la colonia de Jake y por la agradable y varonil calidez que era su propia marca personal. Jake levantó la cabeza un instante para mirarla. En aquella ocasión, no le preguntó si aquello era lo que quería. No había necesidad alguna.

Bajo la suave luz de las velas, los fuertes rasgos del rostro de Jake la hipnotizaban. Incluso la cicatriz le parecía hermosa porque ya era una parte integral de él. A pesar de todo lo que había ocurrido, él exudaba tenacidad y fuerza. Ni siquiera la herida más cruel podría disminuir en modo alguno su indomable presencia.

Ella le tocó la mejilla muy suavemente.

–Jake... deseo esto tanto como tú. De verdad. Sin embargo, no he... lo que quiero decir es que hace mucho tiempo desde la última vez que yo... ¿Y si ya no puedo?

A pesar de que la sangre le ardía de deseo, Ailsa tenía miedo. Miedo de que le doliera, de que le resultaba incómodo o insoportable. Su cuerpo había tardado en curarse desde el accidente y la pérdida de su hijo. Si no podía llevar a cabo el acto más íntimo entre un hombre y una mujer, los desilusionaría y desmoralizaría a los dos.

–Nos lo tomaremos con calma –le prometió él con mucha dulzura–. Lo último que deseo es hacerte daño. Si en algún momento decides que has cambiado de opinión... Bueno, te aseguro que no importa.

Ailsa suspiró aliviada. Entonces, se rindió simplemente a las sensaciones que parecían intensificarse deliciosamente dentro de ella.

Jake la desnudó cuidadosamente. Entre prenda y prenda, besaba tiernamente cada centímetro de piel que había dejado al descubierto. Ella temblaba de gozo y placer. Cuando Jake se quitó el jersey y la camiseta, Ailsa observó con apreciación su imponente cuerpo, cuya belleza no había disminuido con el paso de los años. Por supuesto, había algunas cicatrices que eran consecuencia del accidente, pero no disminuían en absoluto su poderoso atractivo.

Tenía los hombros y el torso fuertes y musculados, como los de un atleta. Un vello ligero le cubría el pecho.

Todo pensamiento quedó suspendido inmediatamente cuando él le besó los senos y se introdujo la anhelante punta en la boca. El vientre de Ailsa dio una voltereta. Él le deslizó la mano por el costado lentamente hasta llegar a la unión de ambas piernas. Entonces, con suavidad, la animó a separarlas. Cuando empezó a explorar el húmedo calor que surgía del centro de la feminidad de Ailsa, ella se tensó inmediatamente y le agarró la mano.

–¿Te estoy haciendo daño? –le preguntó él con preocupación.

Ailsa era incapaz de relajarse completamente para disfrutar una experiencia que había anhelado en privado en muchas ocasiones a lo largo de los años a pesar de lo mucho que lo deseaba.

–No... es que estoy un poco tensa por si efectivamente me duele.

–¿Te dijo el médico que podría dolerte?

–Me dijo que podría tener molestias, pero eso fue unos tres meses después del accidente. Por aquel entonces, ya habíamos dejado de tener relaciones íntimas, por lo que yo nunca averigüé si me dolía o no.

–Desde entonces, han pasado ya más de cuatro años...

–Lo sé –susurró ella. En aquel momento, le colocó la mano delicadamente sobre la mejilla y acercó el rostro de Jake al suyo–. Vuelve a intentarlo. Todo saldrá bien...

–¿Estás segura?

–Sí.

Como para confirmar su decisión, ella suavizó automáticamente sus labios y relajó su cuerpo. Aquella vez, cuando Jake la acarició, sintió que el deseo se apoderaba de ella casi inmediatamente. No había dolor, sino una sensual y erótica oleada de calor que iba creciendo hasta que tuvo que morderse los labios porque las sensaciones eran increíbles, casi imposibles de soportar. Cuando llegó a la cima del placer, dejó escapar un profundo gemido de placer que no pudo contener.

Antes de que se recuperara, Jake volvió a besarla. La sedosa lengua se le deslizaba en la boca con una urgente necesidad de experimentar el gozo que Ailsa acababa de disfrutar. Ella se entregó a los besos de Jake sin reservas y sintió que él se iba hundiendo poco a poco en ella. No había dolor, sino tan solo un increíble placer que había echado mucho de menos. Rodeó la cintura de Jake con las piernas para acogerle incluso más profundamente. Cuando Jake comenzó a moverse con fuerza dentro de ella, Ailsa le clavó las uñas en los hombros y llegó al clímax por segunda vez. Tan solo unos instantes después, Jake le inmovilizaba la cabeza con las manos y se unía con ella tras un fuerte gemido de placer.

No tardó en darse cuenta de que no había utilizado preservativo. Desgraciadamente, ella no podía quedarse embarazada, pero le preocupaba el hecho de que pudiera haber sido demasiado impetuoso y le hubiera hecho daño.

Entonces, vio que los dulces labios de Ailsa sonreían llenos de satisfacción.

—Pareces contenta...

—Es porque lo estoy.

—No te he hecho daño, ¿verdad?

—No. Parece que mi cuerpo se ha curado por completo. Es maravilloso saber que mi cuerpo puede volver a funcionar adecuadamente. Llevaba muchos años planteándome lo que pudiera hacer y preocupándome por ello.

—Tal vez deberías haber ido a un médico que te tranquilizara y te ahorrara muchas preocupaciones.

—Ya sabes la opinión que tengo sobre los médicos.

—Aun así....

Con una oración silenciosa, Jake dio las gracias a los poderes divinos por el inesperado regalo que les había dado el corte de luz. Entonces, se separó suavemente de ella y alcanzó una manta que había sobre el respaldo del sofá para cubrir a ambos.

—¡Qué a gusto estamos! —exclamó él con una sonrisa mientras la acogía de nuevo entre sus brazos.

—Es tan decadente...

—¿Cuándo fue la última vez que te sentiste así de decadente?

—Creo que fue en una ocasión que me sacaste del trabajo a la hora de almorzar para llevarme al Hilton, donde habías reservado una habitación tan solo para esa tarde –dijo ella, bajando tímidamente los párpados–. Estuvimos haciendo el amor mucho tiempo. En circunstancias normales, yo habría temido que me echaran del trabajo, pero como estaba con el hijo del jefe...

–¿Y no te ascendí después de eso?

–¡No! Y, si lo hubieras intentado, yo me habría opuesto radicalmente.

–No...

–Claro que sí.

–Estoy de acuerdo. Seguramente habrías protestado. Siempre has sido demasiado recta –susurró él mientras le daba un delicado beso sobre los labios–. Hubo un tiempo en el que nos divertíamos mucho, ¿verdad?

–Eras muy apasionado...

–Y sigo siéndolo...

–Jake...

–¿Sí?

–¿Por qué has esperado tanto tiempo para volver a reunirte conmigo? Es decir, cuatro años de llamadas telefónicas para organizar la vida de Saskia y luego dejar que fuera Alain quien se ocupara de llevarla y traerla en vez de hacerlo tú... Sé que tienes que trabajar, pero ¿tanto te habría costado ser tú quien la acompañara?

–No es que me costara mucho o poco. Era que... Mira, ¿tenemos que hablar de esto ahora?

Jake se negaba a romper el embrujo de aquellos momentos tan íntimos. Se temía que tuvieran otro desacuerdo que los llevara a discutir sobre asuntos del pasado. Tampoco quería revelarle la culpabilidad y la desilusión que él había sentido por no haber podido protegerla ni a ella ni al bebé aquella noche. Tampoco quería confesar que consideraba estar lejos de ella como un castigo. Por eso había empleado a Alain para actuar como recadero.

Ailsa y él acababan de hacer el amor y había sido maravilloso, pero Jake sabía que así no se solucionaba todo lo que había entre ellos. ¿Cómo era posible que así fuera cuando su mente, su cuerpo y su espíritu tenían que cargar con suficiente culpabilidad como para hundir un barco de guerra?

Ailsa le acarició suavemente el brazo.

–No. No tenemos que hablar sobre ello ahora si no quieres, pero me gustaría mucho que habláramos mañana y que, así, tratáramos de aclarar algunas cosas.

–Está bien –dijo Jake, luchando contra el reparo que le producía aquella sugerencia. Quería contener sus sentimientos para tratar de protegerse a sí mismo, aunque admitía que tal vez hubiera llegado el momento de contarle a Ailsa un poco más sobre sí mismo y sobre el porqué le costaba tanto expresar sus sentimientos. Se llevó los dedos de ella a los labios y los besó–. ¿Por qué no cierras los ojos un rato? Pareces muy cansada.

–Y lo estoy, aunque no sé por qué –susurró ella mientras se acurrucaba sobre el torso de Jake–. Hoy casi no hemos hecho nada... No dejes que se apague el fuego, ¿de acuerdo?

–No lo haré...

Jake se tragó el nudo que se le había hecho en la garganta y le rodeó los hombros con un brazo. Entonces, se puso a mirar el fuego que ardía en la estufa y se rindió al hipnotismo de las llamas.

–¿Qué ha sido eso? –preguntó Ailsa mientras se incorporaba en medio de la semioscuridad unas horas más tarde–. Ha sonado como si un bebé estuviera llorando.

–No ha sido un bebé –respondió Jake. Estaba frente a la estufa, atizando el fuego–. Creo que ha sido un zorro.

Tenía el torso desnudo. Los vaqueros le caían sobre las caderas, dejando al descubierto un musculado abdomen. Su voz sonaba ronca y somnolienta. Ailsa no se podía imaginar ningún otro hombre que fuera más sexy que él. Entonces, recordó lo que había pasado entre ellos y sintió los lugares en los que tan tímidamente él la había tocado. De repente, ansió que él le dedicara más apasionadas atenciones.

—¿Un zorro?

—Bueno, estamos en medio del campo. No es tan raro. Los tenemos hasta en Londres.

—Sí, claro. Por eso no tenemos gallinas.

—¿De verdad? ¿De verdad te gustaría tener gallinas?

—Sí. ¿Qué tiene de malo?

Jake sonrió y luego se encogió de hombros.

—Yo no he dicho que tuviera nada de malo. Veo que te has convertido en una chica de campo.

—Sí. Aquí todo es más tranquilo que en la ciudad, por lo que me siento menos estresada.

—Bueno, hablando de recortar el estrés, creo que deberías dormir un poco más. Son las tres de la mañana.

—¿Todavía no hay luz?

—No lo he comprobado. He estado disfrutando del brillo de las llamas.

—Yo también lo prefiero, pero...

Jake se acercó hasta el interruptor de la luz y lo accionó. No ocurrió nada. Regresó al fuego sacudiendo la cabeza.

—Si los teléfonos vuelven a funcionar mañana por la mañana, haré unas llamadas para hacer que traigan un generador.

—No tienes por qué hacerlo.

—Sé que no tengo por qué hacerlo, pero quiero. Hay una diferencia.

–Sí –afirmó ella. Tenía mucho sueño y no hacía más que preguntarse si él se iba a volver a tumbar con ella en la improvisada cama. Estaría encantada de que así lo hiciera–. Hay una diferencia.

Como si intuyera lo que Ailsa estaba pensando, Jake se sentó junto a ella. Entonces, la miró y sintió un poderoso sentimiento de pena por lo que había perdido. A veces, se preguntaba si la pena era el precio que tenía que pagar. Le pareció que era un intercambio muy cruel. Para él, la muerte de su bebé y la finalización de su matrimonio habían significado el final del amor.

Apartó un mechón de cabello del rostro de Ailsa y sonrió. Se quedaría allí un minuto más. No pasaría el resto de la noche junto a ella. No renegaría de la promesa que le había hecho para hablar, ni la que él se había hecho a sí mismo sobre lo de revelarle por qué le costaba tanto expresar sus sentimientos, pero, en aquellos momentos, necesitaba un poco de espacio para pensar las cosas.

–¿Te encuentras bien? –le preguntó ella, de repente–. ¿Por qué estabas levantado? ¿Acaso te despertó también el zorro?

–No, me desperté solo y vi que el fuego se estaba apagando.

–Pareces cansado, Jake. ¿Por qué no vienes aquí y te tumbas conmigo bajo la manta durante un rato?

Jake negó con la cabeza y se puso de pie.

–Creo que necesito irme a mi cama. Los dos dormiremos mejor si lo hago. He atizado el fuego, así que te mantendrá caliente durante un buen rato. Como te he dicho, por la mañana, si vuelven a funcionar los teléfonos, me encargaré de conseguirte un generador. Buenas noches, Ailsa. Intenta dormir un poco más.

Jake recogió el resto de su ropa de la moqueta y salió del salón sin mirar atrás. Sin embargo, el turbador recuerdo del rostro sorprendido y entristecido de Ailsa le pesaba demasiado en el corazón.

Un deslumbrante rayo de sol entró por la ventana. En el exterior, una manta de nieve lo cubría todo. El sol tenía el dramático efecto de hacer que todo reluciera como si fuera una alfombra de diamantes. Ailsa estaba en la cocina, observando la maravillosa escena invernal. Entonces, oyó el sonido del agua goteando desde el tejado.

La nieve se estaba empezando a deshacer.

Debería estar encantada, pero no era así. La posibilidad de que el tiempo mejorara le producía un inmenso vacío en su interior. Cuando Jake se marchara, ¿volverían a pasar otros cuatro años hasta que volviera a verlo?

Encontró una nota de él sobre la mesa de la cocina. En ella, le decía que ya funcionaba la electricidad y el teléfono. Él había salido a dar un paseo, pero regresaría pronto para ocuparse del tema del generador y realizar unas llamadas a Copenhague.

Debía de haberse levantado muy temprano, porque cuando Ailsa entró en la cocina para recoger los platos de la noche anterior, el lavavajillas ya casi estaba terminando el ciclo.

Se dirigió a la mesa para poner los platos para el desayuno y se frotó la espalda. Tenía la espalda dolorida por haber pasado la noche anterior en el sofá, pero donde más le dolía era en el corazón porque Jake la había dejado allí sola. ¿Por qué no se había quedado con ella? ¿Acaso se temía que, después de que ellos hubieran vuelto a tener relaciones íntimas, ella le exigiera algo que no podría ni querría concederle?

Para poner fin a su aprensión, se dirigió al teléfono. Menos de un minuto más tarde, la cálida y tranquilizadora voz de Tilda Larsen resonó en el teléfono. Ailsa le dio una vez más el pésame por la muerte de su esposo y le preguntó cómo estaba. La anciana le respondió que iba día a día y Ailsa sintió una inmensa pena por ella. Entonces, incapaz de esperar un segundo más, le preguntó si podría hablar con su hija.

—Está aquí a mi lado —respondió Tilda con afecto—. La pobrecita se moría de ganas por hablar contigo.

—¡Hola, mami! ¡Te echo mucho de menos!

—¡Hola, cariño mío! Yo también te echo mucho de menos... Ha nevado tanto que el teléfono no funcionaba y no podíamos llamarte. ¿Te encuentras bien?

—Sí. Me lo estoy pasando muy bien con la abuela. No te importa... que me haya quedado un poquito más, ¿verdad?

Ailsa sintió que se le hacía un nudo en la garganta.

—Claro que no me importa. Estoy seguro de que tu compañía la está ayudando mucho.

—¿Sigue papá contigo? —le preguntó Saskia.

—Sí, sigue aquí, cielo. Tuvo que quedarse conmigo porque ha nevado tanto que no pudo regresar al aeropuerto. Por eso aún no ha podido regresar a Copenhague.

—¿Os habéis estado peleando?

—¿Y por qué me preguntas eso? —replicó Ailsa muy sorprendida.

—Es porque siempre que hablas sobre papá te pones triste y cuando él habla sobre ti parece enfadado. Espero que no os hayáis peleado. Casi es Navidad y quiero que los dos seáis felices.

—Cariño, yo... los dos somos felices. Te lo prometo. Y tampoco nos vamos a pelear.

En aquel momento, Jake entró por la puerta trasera. Se quitó el abrigo y aplaudió con fuerza para calentarse las manos. Entonces, le dedicó a Ailsa una maravillosa sonrisa. Ella sintió una extraña sensación en su interior.

–Mamá, ¿sigues ahí?

–Por supuesto que sí, cariño. Papá acaba de regresar de su paseo. ¿Quieres hablar con él?

–Sí, por favor.

–Es Saskia –le dijo ella mientras le entregaba el teléfono.

Jake se acercó a ella inmediatamente y tomó el auricular.

–¿Eres tú, cielo? –le preguntó a su hija con voz tremendamente cariñosa.

Ailsa sabía que no se imaginaba el sentimiento que se le había reflejado en su masculina y maravillosa voz.

Capítulo 8

INCAPAZ de contener el dolor y la ansiedad de la voz después de que los dos hubieran terminado de hablar con Saskia, Ailsa afrontó el preocupante comentario que su hija había hecho sobre el hecho de que no se pelearan.

—¿Por qué diría algo así? —le preguntó abrazándose las caderas por encima del jersey de angora negro que se había puesto sobre unos leggins—. Me dijo que cuando hablas sobre mí pareces enfadado.

—Eso nunca me lo ha dicho a mí antes —dijo él. Tenía una expresión reservada en el rostro, casi retraída, como si aquello fuera una complicación añadida sobre la que no quisiera hablar—. Si alguna vez he sonado enojado, fue probablemente porque estaba cansado o estresado por algo en el trabajo. Ciertamente, nunca he sido consciente de haber transmitido ira hacia ti en su presencia.

—Bueno, Saskia es una niña muy intuitiva. Estoy segura de que no se lo habría imaginado. También me dijo que yo parecía triste siempre que hablaba sobre ti.

—Vaya, eso sí que es una sorpresa —replicó él en tono irónico.

—¿Qué quieres decir?

—Estoy seguro de que pensar en mí no te llena exactamente de alegría. Debes de lamentarte mucho sobre cómo salieron las cosas. En realidad, aparte de darte a

Saskia, debo de ser el mayor error que hayas cometido nunca. En una ocasión me dijiste que lo único que siempre has querido era tener una familia, pero hasta eso te lo fastidié.

Ailsa tragó saliva al escuchar aquella afirmación.

—Te aseguro que jamás he considerado un error el hecho de estar contigo. ¿Cómo podrías creer algo así? Tú no has estropeado nada. ¿Fue culpa tuya que aquel hombre fuera borracho aquella noche? ¡Por supuesto que no! Mira, Jake... sean cuales sean las heridas personales o las cosas malas que pensemos el uno sobre el otro, ¿no te parece que ha llegado el momento de que las aireemos para poder seguir con nuestras vidas? Perder a nuestro hijo fue algo terrible, pero eso no significa que tengamos que dejar de seguir viviendo. Que no volvamos a disfrutar de la felicidad. Además, tenemos que pensar en nuestra hija al igual que en nosotros mismos. No sé tú, pero yo ya estoy harta de penas y tristezas. Quiero encontrar un modo mejor. Ciertamente, no quiero que nuestra hija crezca pensando que todo lo que hemos hecho desde el accidente es culparnos el uno al otro por todo lo que ha ido mal. Eso sería un legado horrible.

—Yo no te culpo de nada.

—¿No? Entonces, ¿por qué estarías furioso conmigo? ¿Por qué regresaste a tu cama en medio de la noche? A mí me parece que eso significa que hay algo que no te hace feliz. ¿Fue algo que te dije? Primero, me haces el amor y luego me apartas de ti.

—Yo no te aparté de mí.

Jake parecía muy incómodo, como si fuera a salir huyendo de allí en cualquier momento. Mentalmente, Ailsa le imploró que se quedara. Al siguiente instante, toda la tensión que emanaba de todo lo ocurrido pareció disiparse, como si él hubiera superado su resistencia a una conversación más profunda y estuviera al menos resignado a hablar al respecto.

–No fue por nada que tú hubieras dicho o hecho, Ailsa. Quiero que lo sepas. Si culpo a alguien por la situación en la que estamos, es a mí mismo, y me apena que Saskia esté disgustada por eso. No quiero que piense que guardo resentimiento hacia ti por algo. Si eso es lo que está ocurriendo, ciertamente tenemos que hacer algo al respecto. Yo tengo que hacer algo. Estoy completamente de acuerdo contigo.

–Jake, había problemas en nuestro matrimonio desde mucho antes del accidente. Seamos sinceros. Probablemente sea esa la razón por la que sigues furioso. Jamás llegamos al fondo de nuestra infelicidad entonces y seguimos evitando el tema ahora. El accidente simplemente finalizó todo de una manera horrible.

–Tienes razón. ¿Sabes lo que yo creo que fue parte del problema?

–Te escucho.

–Yo antepuse el trabajo a la familia. Trabajaba más no para conseguir más dinero, mejor posición o halagos, sino porque ansiaba el amor y la aprobación de mi padre por encima de todas las cosas. Nunca me pareció haberlos disfrutado, ni siquiera de niño. Era un hombre muy duro. Las pruebas por las que yo me hacía pasar para conseguir que me dedicara una sonrisa eran increíbles. Me temo que me cegué tanto por la necesidad de ganar su aprobación que pensé que, si trabajaba más y conseguía más éxito, podría alcanzar mi objetivo. Cuando tú me decías que hablara sobre las cosas, que te contara lo que sentía... me resistía siempre. Aunque sentía que la tensión entre nosotros iba empeorando, me convencí de algún modo de que las cosas no estaban tan

mal como me había imaginado. Me dije que podría seguir comportándome del mismo modo, como un autó-
mata y que todo terminaría saliendo bien. Mi padre era
adicto al trabajo y yo comencé a comportarme del
mismo modo. ¿Por qué no me di cuenta? ¿Por qué no
me percaté de que mi obsesión estaba destruyendo a mi
familia? Te amaba tanto... Sin embargo, no te lo demostraba. Ni siquiera cuando descubrimos que estabas embarazada de nuestro hijo empecé a tomarme tiempo
para acercarme a ti, a excepción de en la cama, por supuesto. Lo siento mucho. Me comporté como el clásico
macho sin sentimientos. Quiero que sepas que no me
enorgullezco al respecto.

Ailsa estaba tan abrumada por lo que él había dicho
que no supo cómo responder. Desde que conocía a
Jake, no lo había oído dirigirse a ella de un modo tan
franco y tan sincero sobre sus sentimientos. De repente, el comportamiento que él había exhibido durante los últimos días de su matrimonio, incluso antes
del accidente, cobró un nuevo sentido. Como ella también había crecido sin el amor ni la aprobación de un
padre, no le resultaba difícil comprender por qué Jake
se había sentido tan empujado a conseguir la aprobación de su padre. Él tenía razón. Jacob Larsen había
sido un buen hombre, pero él también había sabido muy
bien cómo ocultar sus sentimientos. Deseó de todo corazón que Jake hubiera podido comprender la profundidad de su amor, que se hubiera dado cuenta de que
podría haberle ayudado. Probablemente no le habría
ayudado a curar las heridas causadas por su padre, pero
podría haberle ayudado a encontrar la paz y a concen-
trarse en las personas para que las que lo significaba
todo.

—Yo también lo siento mucho, Jake. Si tú hubieras

compartido esto conmigo, podríamos haber podido hacer las cosas de otro modo. En cualquier caso, yo tampoco soy inocente. Me sugeriste que tal vez yo era demasiado joven para casarme. Tal vez tenías razón, no porque no te amara o quisiera estar contigo, sino porque yo también estaba buscando el amor y la pertenencia a una familia de la que carecí en mi infancia y proyecté toda esa necesidad sobre ti. Probablemente resultó una carga demasiado pesada. Tu tarea no era hacerme feliz o hacerme sentir útil, pero cuando trabajabas todas las noches hasta tan tarde, todos los fines de semana, me dije que era porque yo no era suficiente mujer para ti. Que debía de carecer de ciertas cosas que un hombre necesita en una esposa porque, si las tuviera, tú estarías más en casa. El problema era que no me consideraba una persona de valía. Pensé que el matrimonio era la respuesta para mí porque tenía miedo de estar sola. Sin embargo, me pasé sola la mayor parte de mi vida hasta que te conocí. Me di cuenta de que tal vez era más fuerte de lo que creía. Empezar mi negocio y cuidar de Saskia me lo ha demostrado –concluyó con una sonrisa–. No lamento el tiempo que pasé contigo, Jake. Ni siquiera los días más tristes o más difíciles. No lo lamento en absoluto. Quiero que lo sepas.

Aquel pequeño discurso no pareció convencer a Jake.

–Entonces, ¿dónde nos deja todo esto?

–Bueno... al menos estamos siendo sinceros por fin el uno con el otro, ¿no te parece? Cuando te marches de aquí, por lo menos sabrás que nos hemos dicho la verdad. Que los dos estamos decididos a hacer que el futuro sea diferente. Mejor.

Ailsa sonrió débilmente y se dio la vuelta para llenar el hervidor de agua para preparar té para ella y el café para Jake. Necesitaba hacer cualquier cosa que le ayudara a apartar el pensamiento provocativo de acercarse a él para abrazarlo. Para lo que no estaba preparada era para que Jake se colocara detrás de ella y estrechara su cuerpo con fuerza contra el de ella. ¿Le habría leído él el pensamiento de algún modo?

Jake le apartó el cabello del cuello y apretó los labios contra la piel que había dejado al descubierto. Las sensaciones fueron devastadoras.

—¿Qué estás...?

—Tal vez ya no pueda arreglar nada, pero ahora no puedo evitar lo que siento y, en estos momentos, te deseo —susurró. Le deslizó una mano por debajo de la cinturilla de los leggins y comenzó a bajarla hasta llegar al interior de las braguitas de algodón de Ailsa—. Te deseo tanto que casi no puedo pensar en otra cosa.

El grito de sorpresa se transformó en un desgarrado gemido. Todo su cuerpo temblaba de necesidad. Se dio la vuelta entre los brazos de Jake y la hambrienta colisión de las bocas, dientes y lenguas que se produjo a continuación le convirtió los huesos de las piernas en una gelatina que amenazaba con hacerle perder el equilibrio.

—Creo que lo que necesitamos es una cama... ¿no te parece?

—Mmm...

Jake la tomó en brazos como si no pesara nada. Ella entrelazó los brazos alrededor del cuello, al tiempo que depositaba incendiarios besos en el rostro y en la boca de Jake mientras avanzaban. La mirada de Jake era ardiente. Cuando por fin la colocó en la cama, Ailsa estaba tan consumida por el deseo que no era consciente de nada que no fuera Jake. No dejaba de mirarlo mientras él se le colocaba encima. Un examen tan deliberado la relacionó de nuevo íntimamente con los rasgos de los que ella se había enamorado hacía tantos años. No importaba lo que el tiempo y la tragedia hubieran dañado. Nada podría retraerla de la belleza de aquel masculino rostro, de los ojos azules, de la fuerte nariz que tanta personalidad le daba. Sin embargo, era su boca lo que más le atraía, porque no podía dejar de imaginarse las delicias que podía transmitir. No hablaban. Las palabras vendrían más tarde. Por el momento, serían los cuerpos los que se ocuparan de la conversación.

Jake se despojó de la camiseta y del jersey. Después, se inclinó sobre ella para sacarle por la cabeza el jersey de angora. En cuanto la tuvo desnuda, se inclinó sobre ella para capturar un pezón entre los labios a través de la delicada tela del sujetador. El placer era tan intenso que los ojos se le llenaron de lágrimas. No era capaz de expresar lo mucho que le había echado de menos. A lo largo de los años transcurridos desde que se separaron, el anhelo le había llenado los ojos de lágrimas en muchas ocasiones. En aquellos momentos, todo su cuerpo ansiaba la posesión de Jake.

Él le quitó el sujetador y luego centró su atención en el resto de la ropa. Ailsa gozó al sentir las manos recorriéndole impacientemente la piel. Cuando ella estuvo completamente desnuda debajo de él, Ailsa le rodeó el cuello con los brazos y tiró de él para compartir otro apasionado beso.

Los sentidos de Jake se veían consumidos por todo lo que tanto había echado de menos de ella. El aroma único de su cuerpo era un afrodisíaco maravilloso. El hermoso y largo cabello parecía seda extendida sobre la almohada. Los hermosos ojos color ámbar no necesitaban maquillaje alguno para resultar hermosos porque lo eran naturalmente.

El fuego que le ardía en la entrepierna alcanzó niveles parecidos a los de un infierno. Entonces, empezó a deslizarse dentro del cuerpo de Ailsa. Incapaz de contenerse, se hundió en ella profundamente. Los gemidos suaves de Ailsa llenaban el aire. Jake se llenó las manos con los pequeños senos, antes de llevárselos a la boca para luego deslizar la lengua por los firmes pezones que los coronaban. En el exterior de la casa, el invierno había llegado con toda su beligerancia, pero allí, en aquella cálida cama, reinaban temperaturas propias de un tórrido verano.

El esbelto cuerpo de Ailsa se detuvo de repente. La incandescente mirada de color ámbar se oscureció. La cálida y húmeda feminidad de Ailsa se tensó alrededor de él.

–Jake...

Ella susurró su nombre como si estuviera presa de un hechizo y tiró de él para enterrar el rostro entre el cuello y el hombro de Jake.

El asombroso pensamiento de haber hecho algo bueno para ser recompensado con el placer de amar a aquella mujer tan increíble se volvió a apoderar de él. Ailsa era la madre de su hija. Este hecho despertó en él unos sentimientos de posesión y orgullo casi primitivos. Era Ailsa... la mujer que había despertado en él una pasión que desconocía con solo verla. La mujer que le podría haber dado un hijo si...

No pudo apartar el dolor y la furia que acompañaron a aquel pensamiento. El dolor fue tan grande que se hundió en Ailsa tan profundamente que su cuerpo no tardó en verse presa de unas furiosas convulsiones. El grito casi animal que lanzó al alcanzar el clímax fue parecido a uno de dolor. Lo que más le sorprendió fue que los ojos se le llenaran de lágrimas al mismo tiempo.

Con la respiración entrecortada, bajó la cabeza y la giró para que ella no pudiera ver la evidencia de su tristeza. No pudo evitarlo.

–¿Qué te pasa, Jake? Dímelo, por favor.

Él no respondió. Con la respiración aún sofocada, se apartó de ella y se colocó sobre la cama. Entonces, extendió la mano para agarrar los vaqueros que se había quitado. Metió la mano en un bolsillo y sacó su cartera. Tras durar un instante, extrajo un papel que le entregó a Ailsa.

–Me puse a pensar en nuestro hijo. En Thomas. Lo engendramos en una tarde de principios de verano en Copenhague, ¿te acuerdas? Poco después, descubrimos que estabas embarazada. Me guardé la foto de la ecografía que me diste después de estar en la clínica. ¿Ves? No me he olvidado de él. ¿Cómo iba a poder olvidarme de él? Era... era mi hijo. El niño que no pudimos ver crecer.

–Oh, Jake... Jake...

–¿Te acuerdas lo contentos que nos pusimos cuando descubrimos que era un niño? No nos podíamos creer la suerte que teníamos de tener un niño y una niña. La familia perfecta.

–Sé que tú no le olvidaste –susurró ella mientras se colocaba de rodillas–, pero no sabía que habías guardado esto. Siento si alguna vez te di la impresión de que pensaba que no te importaba nuestro bebé tanto como a mí.

–Tal vez fue culpa mía por no hablar sobre cómo me sentía. Así fue como me educaron, al menos así fue como me educó mi padre. Él creía que el hecho de que un hombre se guardara sus sentimientos demostraba fortaleza de carácter. En cualquier caso, todo es ya pasado. Mi padre ha muerto y también nuestro hijo. No puedo seguir pensando en el pasado, en aquel momento tan oscuro en el que perdimos a Thomas. Me resulta demasiado duro. ¿Me das la foto? –le pidió. Ailsa se la devolvió y él la metió en la cartera. Entonces, la volvió a meter en los pantalones–. Otra cosa que no puedo olvidar es lo mucho que te dolía. Tus gritos aún me persiguen.

–Tú también estabas herido.

–Fue una época muy dura para los dos –afirmó él–, pero, tal y como tú dijiste antes cuando hablábamos del legado que le íbamos a dejar a Saskia, tenemos que encontrar el modo de seguir adelante. ¿Estamos de acuerdo?

–Sí.

La sonrisa de Ailsa estaba teñida de tristeza, pero también contenía esperanza. Jake volvió a tumbarse en la cama y la tomó entre sus brazos.

–Nos quedaremos un rato aquí, ¿de acuerdo? –sugirió él–. Cuando estemos listos, volveremos a hablar.

Desgraciadamente, la promesa de aquella conversación no se materializó. Solo unos minutos más tarde, alguien empezó a llamar con fuerza a la puerta principal, lo que hizo que ambos se separaran con gesto culpable.

–¿Quién puede ser?

–No lo sé. ¿Por qué no vas a ver? Cuando lo descubras, diles que estás ocupada.

–¿Estaban las carreteras más despejadas cuando saliste a dar un paseo esta mañana? –le preguntó con urgencia mientras se vestía rápidamente–. Es decir, ¿te dio la impresión de que ya circularan los vehículos?

–El hielo se estaba deshaciendo un poco, pero no vi coches. Si esta noche sigue el deshielo, probablemente podré marcharme al aeropuerto mañana por la mañana para tomar un vuelo. ¿Quién crees que está llamando? Espero que no sea otra vez ese vecino tuyo tan amable...

–Si fuera Linus, no quiero que seas grosero con él. ¿Por qué no esperas aquí? Regresaré dentro de un momento.

Mientras bajaba la escalera, Ailsa rezó para que no fuera Linus. Si lo fuera, esperaba poder deshacerse de él rápidamente, sobre todo para evitar que Jake bajara del dormitorio...

Linus contempló a Ailsa afectuosamente cuando ella abrió la puerta.

–Linus... ¿va todo bien?

–Yo iba a hacerte la misma pregunta –replicó él–. He visto que ese Range Rover sigue aquí. Eso significa que tu ex aún no se ha marchado a Copenhague.

–No, todavía no –repuso ella. Frunció el ceño y se cruzó de brazos–. No ha tenido oportunidad. La nieve aún está muy espesa sobre el suelo. ¿Has venido por algo en particular?

–En realidad, sí. ¿Te importa que entre un momento?

–Estoy... estoy un poco ocupada ahora.

–Ah... En ese caso supongo que tendré que decirte lo que quiero decir aquí fuera.

Ailsa miró hacia la escalera para asegurarse de que Jake no bajaba por ella. Entonces, centró de nuevo toda su atención en Linus. Al ver cómo le salía vaho por la boca y la nariz cada vez que respiraba, se sintió algo culpable. Abrió la puerta de par en par y le dedicó una sonrisa.

–Pensándolo bien, ¿por qué no entras a la cocina para que te puedas calentar un poco? Tengo que subir a por una cosa arriba.

Cuando Linus entró en la casa, Ailsa subió corriendo la escalera. Jake estaba ya completamente vestido en el dormitorio. Estaba abrochándose el cinturón. Cuando la miró, lo hizo con un gesto acusador.

–¿Por qué lo has invitado a pasar? Pensaba que ibas a decir a quien fuera que estabas ocupada... en especial a él.

–Ha venido a pedirme algo. No podía dejarlo temblando en la puerta, por el amor de Dios.

–¿Es siempre tan pesado?

–No es pesado. Ya te dije que es un buen vecino y un buen amigo. Cuanto antes baje para hablar con él, antes se marchará. Estoy segura de que no tardaré mucho tiempo. Si quieres, puedes esperar aquí arriba.

Sin esperar a que él respondiera, tomó el sujetador y, de espaldas a Jake, se levantó el jersey para poder ponérselo. Antes de que tuviera oportunidad de cerrar el broche, él se le acercó y le apartó la prenda íntima para cubrirle los senos con las manos. Un deseo líquido y ardiente se apoderó de ella.

–Jake, no hagas eso... No debes... No debemos... por el amor de Dios. Linus está esperando abajo.

–Que espere... –gruñó él mientras le apretaba los pezones entre los dedos y se los pellizcaba deliciosamente.

Ailsa suprimió un gruñido y se dio la vuelta para recriminarle su actitud. En cuando lo hizo, su boca se fundió apasionadamente en un beso con la de él. La lengua de Jake invadió su boca de tal manera que Ailsa necesitó un esfuerzo supremo para poder apartarse de él.

–No juegas limpio.

–¿Acaso lo he afirmado alguna vez? En ocasiones, un hombre tiene que utilizar cualquier cosa que le pueda suponer una ventaja.

–Tienes que dejar que me vista. Cuanto antes baje para hablar con él, antes se irá. Entonces, podremos seguir hablando. Eso era lo que íbamos a hacer, ¿te acuerdas?

Jake suspiró y se apartó de ella.

–¿Cómo te voy a poder negar nada cuando me miras con esos hermosos ojos, además de estar medio desnuda?

–No es solo el sexo masculino el que sabe utilizar ciertas armas para su ventaja –replicó con una sonrisa. Se puso de puntillas y le dio un beso en los labios. Entonces, lo apartó con firmeza–. No tardaré mucho –le prometió.

Por fin, se pudo abrochar el sujetador y volver a colocarse el jersey.

–Será mejor que no.

Capítulo 9

SIENTO haberte tenido esperando, Linus. ¿Te apetece una taza de café?

—No, gracias. Me temo que no me puedo quedar mucho tiempo.

Las palabras de Linus fueron música para los oídos de Ailsa. A pesar de que estaba aliviada, no por ello dejaba de sentirse culpable. Linus estaba en la cocina, con los hombros gachos, a la defensiva, como si fuera un colegial a punto de confesar algo malo que hubiera hecho. Ailsa jamás lo había visto así.

—En ese caso, tú dirás. ¿Quieres sentarte mientras charlamos?

Ella se acercó a la mesa de la cocina e indicó la silla. Sin embargo, Linus no dijo ni hizo nada durante lo que le pareció a ella mucho tiempo. Justo cuando se estaba empezando a preguntar si él iba a moverse, Linus se sentó y se inclinó ansiosamente sobre la mesa.

—Me preguntaba qué planes tenías para el día de Navidad. Si estás libre, te iba a preguntar si a Saskia y a ti os gustaría almorzar conmigo... Es decir... no seré solo yo, desgraciadamente. Mi padre y mi tío estarán también. A decir verdad, nos vendría bien un poco de compañía femenina. Una casa llena de hombres puede ser demasiado en ocasiones.

Ailsa se quedó tan sorprendida que no supo qué decir. De todo lo que se había imaginado que Linus podría querer decirle, jamás se había imaginado que él fuera a invitarla a almorzar.

–Es muy amable de tu parte invitarnos, Linus, pero había pensado quedarme en casa con Saskia. Hemos decidido que ese día va a ser solo nuestro. Llevamos meses esperando a que llegue.

–Ah.

–Linus... Hola.

La voz de Jake la sobresaltó. Linus también pareció sorprendido.

–Hola –respondió de mala gana.

Ailsa deseó que Jake se contuviera hasta que Linus se hubiera marchado, pero él se acercó a ella, le tomó la mano y se la llevó a los labios. Aquel beso tan provocativo fue claramente un gesto diseñado para reclamar su posesión sobre ella delante del otro hombre.

–¿Interrumpo algo? –preguntó Jake.

Linus negó con la cabeza. Era la viva imagen de la desolación. Ailsa se sintió muy culpable.

–Estaba invitando a Ailsa y a su hija a pasar el día de Navidad con nosotros, pero ella me ha dicho que lo quieren pasar las dos solas –dijo Linus mientras se ponía de pie. Entonces, miró a Ailsa y luego a Jake, para volver a mirar de nuevo a Ailsa–. No sabía que vosotros...

–¿Qué era lo que no sabías? –le preguntó Jake.

–No importa –susurró Linus mientras se dirigía hacia la puerta–. Eres un hombre afortunado, si no te importa que te lo diga. Ailsa es una de las personas más amables que uno pudiera desear como vecina y su hija, vuestra hija, es encantadora.

–Estoy completamente de acuerdo en las dos cosas.

–Debes de estar encantado de que la nieve se esté deshaciendo por fin para que puedas regresar al aeropuerto y volar de vuelta a Copenhague a tiempo para

Navidad. Debe de ser especialmente hermosa en esta época del año.

–Lo es.

–Bueno, espero que disfrutes de las Navidades cuando llegues allí.

–Gracias –replicó Jake mientras observaba pensativamente a Ailsa antes de centrarse de nuevo en Linus.

–Te acompañaré a la salida –dijo Ailsa mientras se dirigía a la puerta principal seguida de su vecino.

Se sentía como si se hubiera visto atrapada en medio de una amenazadora tormenta. Hizo girar el pomo de la puerta y la abrió, quedando expuesta al duro viento que soplaba en el exterior. Linus salió.

–Te agradezco mucho tu invitación, ¿sabes?

–¿De verdad? Espero que no creas que es algo presuntuosa. No me di cuenta de que tu ex y tú habíais vuelto. Si me hubiera dado cuenta, jamás te lo habría preguntado.

A pesar de la amabilidad que Linus mostró, Ailsa se mostró muy incómoda, como si lo estuviera engañando.

–Siento mucho no haber podido aceptar, pero espero que pases unas felices vacaciones con tu familia.

–Supongo que será lo mismo que todos los años. Me tendré que levantar temprano para darles de comer a los animales y limpiar los establos. Mi tío preparará la cena como suele hacerlo habitualmente y mi padre beberá más whisky del que debe. Después, veremos alguna repetición en la televisión. Bueno, sea como sea como lo pases tú, espero que también disfrutes del día. Espero que nos veamos después de las vacaciones.

–Cuídate, Linus. Gracias por todo lo que has hecho por Saskia y por mí durante todo el año.

–Ha sido un placer. Adiós.

Ailsa sintió que se le hacía un nudo en el pecho mientras observaba cómo él avanzaba por el sendero que conducía hasta más allá de los muros de piedra de la casa. Esperó hasta que él se montó en su tractor y se despidió de él con la mano. Entonces, cerró la puerta y regresó a la cocina. Allí, se encontró con Jake. Él no sonreía y parecía... irritado.

—Ya te dije que lo que ese hombre tenía en mente era mucho más que ser un simple vecino.

—Eso no tiene importancia y lo sabes –replicó ella–. ¿Por qué no esperaste arriba hasta que él se hubiera marchado, tal y como te sugerí?

—¿Me estás diciendo que habrías aceptado su invitación para almorzar?

—Ya oíste que él te decía que yo la había rechazado porque voy a pasar el día de Navidad a solas con Saskia.

—¿Es eso lo que de verdad quieres hacer? ¿Pasarte el día de Navidad a solas con nuestra hija?

—Es lo que suelo hacer habitualmente. ¿Por qué?

—Sé que aún no te lo he preguntado, pero, desde esta mañana, llevo pensando que estaría bien que regresaras a Copenhague para pasar el día de Navidad con Saskia y conmigo. Por eso me levanté temprano y me fui a dar un paseo. Necesitaba pensar. Además, quería comprobar el estado de las carreteras y ver si podría marcharme al aeropuerto hoy o mañana. Preferiblemente hoy. Es una buena idea si te paras a pensarlo. Así, podrás ver a nuestra hija mucho antes y no tendrás que pasar sola las fiestas.

—¿Ahora te apiadas de mí? –le espetó ella. Se sentía inexplicablemente sensible.

—¿Apiadarme de ti? Si crees que es eso lo que me ha motivado a pedírtelo, en especial después de anoche, entonces estoy sinceramente asombrado.

A Saskia le había molestado mucho que Jake se presentara hacía un par de días para decirle que Saskia se iba a quedar unos días más en Copenhague. ¿Cómo iba a saber ella que la situación cambiaría tan dramáticamente en tan corto espacio de tiempo? ¿Que el hecho de estar juntos despertara sentimientos que no era fácil controlar y que ella se viera poseía por los recuerdos de un pasado feliz? Después de que él hubiera dicho que se iba a marchar pronto, ella estaba en secreto subiéndose por las paredes por el hecho de que él no fuera a estar. Por eso, la idea de ir a Dinamarca le resultaba más tentadora.

Sin embargo, ¿cómo podría hacerlo? ¿Cómo podría regresar allí como si todo entre ellos se hubiera arreglado y ya no hubiera problema alguno? Aún tenían muchas cosas de las que hablar y Ailsa no podía prever el resultado hasta cuando por fin charlaran sobre ellas. De hecho, la situación podría haber empeorado porque, en aquellos momentos, después de que Jake y ella hubieran compartido la intimidad del dormitorio, el corazón de Ailsa estaba abierto y, por lo tanto, resultaba más fácil hacerle daño.

Jake le había negado que hubiera otra mujer, pero ella no podía estar completamente segura. Si esa mujer existía, sería una mujer mucho más glamurosa que Ailsa.

—Sea lo que sea lo que pienses, te aseguro que mis intenciones son buenas. Saber que Linus os había invitado el día de Navidad hizo que todo resultara más claro aún. Estoy segura de que es un buen tipo, pero no voy a dejar pasar la oportunidad de pasar contigo las Navidades solo porque él esté revoloteando alrededor tuyo. Quiero que regreses conmigo. Sé que Saskia estará encantada y mi madre también. Ella me pregunta por ti muy a menudo. Desgraciadamente, hasta ahora no he podido decirle lo que estás haciendo. Lamento que no hayamos hablado mucho desde... desde lo que ocurrió.

Él estaba junto a la encimera de granito. Ailsa tenía

los dedos sobre el borde y estaba apretando tanto que los tenía blancos como los de un cadáver. Un escalofrío le recorrió la espalda. Entonces, avanzó hacia él, como si el deseo de su cuerpo hubiera superado el de la mente. Temblaba con la fuerza de los sentimientos que se habían apoderado de ella.

—Se nos da tan bien no decir las palabras adecuadas, ¿verdad? No llamar a las cosas por su nombre. Sé que por fin hemos hablado de cosas muy importantes, pero creo que hemos evitado las cosas que realmente importan. Cuando tú hablas de «lo que ocurrió», deberías decir «cuando nuestro bebé murió y el amor que nos teníamos el uno por el otro falleció también». ¿No es eso lo que realmente querías decir?

—¿Y eso hace que todo sea mejor? ¿Llamar a las cosas por su nombre?

—Al menos, es real. Al menos, es la verdad. No digo que quiero aferrarme a esos sentimientos para siempre, porque ya me han desgarrado el corazón. No quiero sufrir más y realmente quiero seguir con mi vida. Llevo cuatro años atascada, atrapada y paralizada. Odio pensar lo que eso habrá supuesto para Saskia. Ella es una niña tan vibrante y tan viva... Yo no he sido la madre que quiero ser durante mucho tiempo y sé que las cosas tienen que cambiar. Lo que te estoy diciendo, Jake, es que quiero hablar de mi verdad y que tú hables de la tuya. Que me digas de verdad cómo te sentiste entonces y cómo te sientes ahora. Después de eso... Bueno, ya veremos.

—En ese caso, dime, Ailsa. Dime tu verdad y te escucharé. A continuación, te contaré la mía.

Jake le agarró la mano y le miró los esbeltos dedos, que no portaban anillo alguno. Como si estuviera desilusionado por lo que veía, la volvió a dejar caer.

—Muy bien. Cuando recuperé la consciencia después

de la operación, me dijeron que había perdido al bebé. Yo pensé que me encontraba en medio de la pesadilla más terrible. Pensaba que me despertaría en cualquier momento y vería que estaba en mi casa, en mi cama y con Jake. Pensaba que te contaría mi terrible sueño y que tú me reconfortarías... Sin embargo, no era ningún sueño. Aunque me dieron morfina, los dolores eran terribles, pero mi sufrimiento iba más allá de cualquier dolor que hubiera experimentado antes. Y no estoy hablando tan solo de sufrimiento físico. Me sentía inútil y vacía sin mi bebé, como si fuera una simple carcasa. Lloré por mi hijo y lloré por nosotros, Jake. Sabía que había llegado el final porque jamás podríamos superar lo ocurrido. ¿Cómo podríamos seguir viviendo y comportándonos como gente civilizada? No pasó mucho tiempo antes de que nos diéramos cuenta de que era imposible. Nuestras vidas jamás podrían volver a la normalidad. Por eso, descargamos toda nuestra ira y todo nuestro dolor el uno en el otro. Me alegré de que me pidieras el divorcio. Lo digo en serio. Me alegré de que tuvieras la oportunidad de reconstruir tu vida, de engendrar un bebé con otra mujer. Sin embargo, cuanto te marchaste... Cuando te marchaste...

Ailsa no pudo seguir hablando. El instinto natural de Jake le indicaba que debía tomarla entre sus brazos y abrazarla. Sin embargo, la explicación de cómo se había sentido después del accidente, cuando creyó que su vida había muerto también, supuso un pequeño pero devastador tsunami en su interior.

De repente, Jake se dio cuenta de que tal vez no había sido consciente de su buena fortuna mientras estuvo casado con Ailsa. Había considerado cada día como algo de lo que se podría disfrutar para siempre, sin que nadie pudiera ponerlo en peligro. Se había limitado a centrarse en su trabajo sin considerar nada más.

¿Y por qué iba a hacerlo? Sus amigos y sus colegas siempre le habían dicho que era como el rey Midas, capaz de convertir en oro todo lo que tocaba. Decían que Jake lo tenía todo: unos buenos padres, una fabulosa profesión, riqueza y, por si todo esto no fuera suficiente, una hermosa esposa y una hija. Hasta aquel horrible día cuando el conductor borracho se estrelló contra su coche no había tenido razón alguna para no creer que aquello fuera verdad.

—Yo andaba como sonámbulo, no solo después del accidente, sino antes también. No me daba cuenta de las cosas que eran importantes para mí. Estaba tan concentrado en mi negocio que no me daba cuenta de lo afortunado que era de tenerte en mi vida. Creo que daba por sentado todo, incluso a ti. Solo me interesaba mi trabajo e impresionar a mi padre. Quería demostrarle que, cuando llegara el momento de que yo me hiciera cargo del negocio, conseguiría que tuviera aún más éxito. Por ello, dejé de prestar atención al resto de mi vida, a nuestras vidas. Un instante antes del accidente, me di cuenta de que estaba a punto de perder todo lo que amaba más que a mí mismo.

Jake se tocó con gesto ausente la cicatriz del rostro. Entonces, apartó la mano y se mesó el cabello. Hablar claramente de lo ocurrido era sin duda lo más difícil que había hecho nunca.

—El hecho de perder a nuestro hijo me hizo hincarme de rodillas. Casi no me podía creer que algo así pudiera ocurrirme a mí. A nosotros. Como estaba sufriendo tanto, lo pagué contigo. Quería servirte de apoyo, reconfortarte, pero, en vez de hacerlo, incrementé la distancia que nos separaba. Seguramente, aquello fue mucho más cruel que ninguna de las amargas palabras que te he dicho nunca. Tú también te portaste mal conmigo. La verdad fue que el descuido emocional de ambos fue lo que terminó por

separarnos, ¿no te parece? Al final, como no podía soportar lo que estaba ocurriendo con nuestra relación, de-
cidí ponerle fin. Ese acto fue una espada de doble filo.
Nos liberó de nuestro dolor como pareja, pero individual-
mente... dejó que tuviéramos que soportar el resto solos.
Yo creo que esa solución no fue lo mejor. ¿Quieres que
te diga cómo me siento ahora? Bueno, para serte sincero,
sigo tratando de comprenderlo. Mientras tanto, te agradezco que por lo menos nos estemos hablando.

–Gracias.

–¿Por qué?

–Por contarme tu verdad.

–De nada. ¿Hemos terminado ya?

–Si lo que quieres decir es si voy a sacar el tema otra
vez mientras estemos juntos, no. No voy a hacerlo. Me
he dado cuenta que revivir el dolor del pasado una y otra
vez puede constituir una existencia muy triste. Y yo no
solo quiero existir, Jake. Quiero vivir, plena y completamente. Hoy es un nuevo día. Una página nueva que aún
debe escribirse. De ahora en adelante, quiero tratar todos
los días de ese modo. Quiero creer en la posibilidad de
volver a ser feliz.

–Bien. ¿Tendrá esta nueva afirmación algún efecto
en tu decisión de venir a Copenhague conmigo?

–Creo que sí... –susurró ella.

–¿Y tu decisión es?

–Creo que aprovecharé la oportunidad para regresar
contigo, para ver a Saskia y volver a reunirme con tu madre. Me gustaría decirle personalmente lo mucho que lamento el fallecimiento de tu padre y asegurarme que
siempre lo recordaré. Sin embargo...

–¿Sí?

–Solo porque al fin hayamos sido sinceros el uno
con el otro no significa que nos estemos haciendo promesas sobre el futuro, ¿verdad?

Jake sintió que el corazón le dejaba de latir durante un instante. Se sentía como un saltador de obstáculos que hubiera calculado mal la distancia con la siguiente valla y supiera que su error le hubiera costado la carrera. Sonrió.

–No. Claro que no. Como tú, lo único que quiero hacer ahora es tomarme las cosas poco a poco.

–De acuerdo. Supongo que es mejor que nos prepare algo de desayuno y que luego ordene un poco la casa por si nos tenemos que marchar pronto.

–Tal vez sería buena idea que también hicieras las maletas.

–Eso también pensaba yo, pero... ¡Ah! Se me acaba de ocurrir otra cosa.

–¿De qué se trata?

–De los regalos de Navidad de Saskia. Aún tengo que comprar algunas cosas, pero tengo algunos que ya están envueltos. ¿Nos los podemos llevar?

–Tal vez un par de cosas pequeñas, pero te aseguro que vas a tener oportunidad de visitar los mercados navideños y poder comprarle más. En cualquier caso, no le faltarán los regalos el día de Navidad. Te aseguro que su abuela se habrá encargado de ello.

–¿No dijiste que te había dado una carta para que te la trajeras y contenía una serie de cosas que a ella le podrían gustar?

–Es cierto –recordó él con una cierta sensación de culpabilidad–. ¿Por qué no la leemos cuando lleguemos a casa? Aquí no vamos a poder ir de compras si queremos marcharnos hoy mismo.

–Tienes razón. Bueno, supongo que lo mejor será que me vaya a hacer las maletas... por si acaso. ¿Crees que podremos tomar hoy un vuelo?

–Si los aviones han vuelto a despegar de Heathrow,

no lo dudo. Realizaré algunas llamadas dentro de un minuto.

–¿Y las carreteras? ¿Crees que estarán lo suficientemente despejadas como para que podamos llegar al aeropuerto?

–Se me había olvidado lo mucho que te preocupas por todo. Confía en mí, cielo. Si te digo que llegaremos allí y que todo saldrá bien, así será.

Ailsa se sonrojó y se encogió de hombros.

–Está bien. Te creo. Una cosa más... ¿Dónde me voy a alojar? ¿En casa de tu madre o...? –le preguntó sonrojándose aún más.

–Se me había ocurrido que podrías quedarte conmigo –afirmó él–. Seguramente, tendré que trabajar hasta el día de Nochebuena, pero me aseguraré de que Alain esté a tu disposición para cuando quieras ir a visitar a Saskia a casa de mi madre o ir de compras. Me imagino que nos pasaremos el día de Navidad con mi madre. ¿Qué te parece?

–Me parece bien. ¿Vas a llamar a Saskia para decirle que vamos los dos?

–La llamaré en cuanto haya reservado nuestro vuelo.

–Está bien.

Ailsa lo dejó solo. Durante un largo tiempo, Jake se limitó a mirar por la ventana, observando cómo se derretía la nieve, oliendo el aroma del perfume de Ailsa y tratando de mantener bajo control sus desbocados sentimientos.

Capítulo 10

CON la misma habitual facilidad con la que podía hacer que ocurrieran la mayoría de las cosas, Jake les reservó un vuelo a primera hora de la tarde aquel mismo día. Alain fue a recogerlos al aeropuerto Kastrup de Copenhague y luego los llevó a la casa de cinco plantas que Jake tenía en uno de los mejores barrios de la ciudad. En ese momento, eran ya casi las once de la noche.

A pesar de que había hablado por teléfono con su hija, Ailsa se moría de ganas por volverla a ver. Como habían llegado tan tarde, tendría que esperar hasta el día siguiente. Sin embargo, no podía olvidar que gracias a su ex iba a reunirse con su pequeña mucho antes de lo que había esperado. Jamás olvidaría aquel regalo.

Durante el viaje, Jake permaneció inusualmente callado. A Ailsa no le sorprendió cuando recordó la profundidad y la franqueza de sus reflexiones sobre la tragedia que los había separado. Ella decidió no molestarlo hablando con él. En realidad, aparte del almuerzo, Ailsa se había pasado gran parte del viaje durmiendo. Cuando se despertó, no le dijo a Jake que había estado soñando con él, sobre la exótica luna de miel que habían compartido en la isla caribeña de St. Kitts después de la boda.

Aunque aquel era uno de los lugares más hermosos para celebrar una luna de miel, ellos prácticamente no habían salido de su lujosa villa. Los eróticos recuerdos de aquellos momentos aún tenían el poder de acalorarle el cuerpo y hacer que le vibrara la piel.

–Hogar dulce hogar –dijo Jake, devolviendo a Ailsa bruscamente al presente.

Aquella era la primera vez que ella visitaba la opulenta mansión de Jake. Como ella se había criado en un orfanato muy humilde, la riqueza y la exclusividad que la recibieron le recordó rápidamente la diferencia entre el mundo del que él provenía y el suyo propio. Aunque Ailsa conocía muy bien la riqueza de la familia Larsen, seguía sorprendiéndole experimentarla de primera mano. Observó la elegante decoración y, de repente, se sintió muy tímida y poco preparada para estar en el terreno de Jake.

–Es muy hermosa –comentó mientras se quitaba los guantes.

–¿Tienes hambre?

–¿Es que no recuerdas que tomé algo de cenar en el avión?

–De eso hace horas.

–¿Tú tienes hambre, Jake? –le preguntó Ailsa sin pensar. Solo cuando vio que los ojos de él se oscurecían se dio cuenta de cómo le había afectado aquella pregunta.

–¿De comida? No. Pero, si me estás preguntando si tengo hambre de ti, Ailsa, quiero que sepas que la respuesta siempre será afirmativa.

Jake le tocó suavemente el cabello y le dedicó una sonrisa que fue tierna en vez de apasionada, pero que, a pesar de todo, tuvo el efecto de acelerarle el pulso y caldearle el corazón como si ella acabara de tomarse el coñac más fuerte.

–¿Te importaría si me aseara un poco? Ya sabes lo que ocurre después de un viaje, aunque sea en primera clase, te puede dejar algo agotada...

–Le pedí a Magdalena, mi ama de llaves, que te preparara una habitación –declaró él–. Te acompañaré. No quería dar por sentado que tú compartirías mi dormitorio. Además, pensé que te gustaría tener un poco de intimidad para poder pensar un poco. Bueno, deja que te lleve el equipaje.

Jake tomó el equipaje de Ailsa y la condujo escaleras arriba hasta su dormitorio. Esperaba que él estuviera siendo totalmente sincero con la explicación que le había dado para que no compartieran dormitorio. El pánico se apoderó de ella al pensar que podría ser porque hubiera estado compartiéndolo últimamente con otra mujer y ella hubiera dejado allí algunas de sus pertenencias. Después de la intimidad que habían compartido en su casa, ese pensamiento le provocó náuseas.

Tal y como ella había previsto, la habitación estaba decorada con un estilo muy sencillo, típicamente escandinavo, con muebles blancos y mucho encanto. El ambiente era relajante y acogedor. A Ailsa le encantó. Cuando miró la cama doble, con el cabecero curvado decorado con una delicada marquetería floral, el corazón se le detuvo en instante. Se notaba que era una cama cómoda y agradable, pero sin Jake a su lado sabía que sería una experiencia muy solitaria.

–El baño está por aquí –dijo él mientras abría otra puerta que dejaba al descubierto un maravilloso cuarto de baño.

Ailsa sonrió. Deseaba no sentirse tan profundamente desilusionada de que él no la hubiera invitado a compartir su habitación. Si siempre la deseaba, tal y como había afirmado, ¿por qué no se lo había pedido?

Cuanto terminó de enseñarle la suite, Jake se dirigió hacia la puerta.

–Es muy tarde. Creo que yo también me voy a ir a

la cama. Por la mañana, mientras desayunamos, podremos hablar de cuándo vamos a ir a visitar a Saskia.

–Me gustaría ir cuanto antes, si te parece bien.

–Claro que me parece bien.

–Jake...

–¿Sí?

–No hemos mirado la carta que ella te dio, la que contenía la lista de lo que ella quería para Navidad. Me gustaría que la miráramos juntos antes de ir a la casa de tu madre.

–Sin problema.

La sonrisa que él le dedicó fue breve y desapareció demasiado rápidamente.

–Buenas noche, Ailsa. Que duermas bien.

La puerta se cerró al tiempo que ella murmuraba:

–Buenas noches. Espero que tú también duermas bien.

Ailsa bajó a la mañana siguiente las escaleras para tratar de encontrar la cocina cuando se encontró con Magdalena, el ama de llaves de Jake. Era una mujer de unos cuarenta años, con el cabello muy rubio, muy alta y muy delgada. Tenía los ojos grises como un lago de hielo, pero, a pesar de todo, conseguía reflejar una genuina calidez incluso con su tono glacial.

–*God morgen*. Usted debe de ser Ailsa. Me alegra mucho poder conocerla por fin.

–Y usted debe de ser Magdalena. Encantada también de conocerla –replicó ella.

–Ahora veo de dónde saca su belleza su encantadora hija. Si no le importa que se lo diga, tiene usted un cabello maravilloso.

–Gracias –murmuró ella, como respuesta al cumplido del ama de llaves.

–¿Por qué no se sienta usted en la mesa del desayuno y le preparo algo caliente para beber? –sugirió Magdalena.

–Le agradecería mucho una taza de té –dijo Ailsa.

Se dirigió hacia la mesa, que estaba colocada justo delante de las puertas que daban al jardín. Entonces, sacudió la cabeza con incredulidad al ver que estaba empezando a nevar.

Magdalena se encogió de hombros y sonrió.

–La mayoría de la nieve que teníamos hasta ahora se deshizo ayer. Y hoy, cuando regresan a casa el señor Larsen y usted, ¡vuelve a caer! La pequeña Saskia se pondrá muy contenta.

–Sí. Creo que lleva todo el año rezando para tener una Navidad blanca. Por cierto, ¿sabe usted si el señor Larsen se ha levantado ya?

–¡Dios santo, se levantó hace horas! Le preparé un buen desayuno y se fue directamente a su despacho para trabajar. Su esposo se levanta muy temprano y trabaja tanto... Nos deja a todos en evidencia.

–Él no es mi...

Ailsa no pudo decir que Jake y ella ya no estaban casados porque Magdalena siguió hablando alegremente.

–Kaleb, mi marido, lo admira mucho. Aunque Kaleb no tiene tanta experiencia como algunos de los empleados de Larsen, trabajaría día y noche para su marido. El señor Larsen le dio una oportunidad cuando nadie más se hubiera atrevido. Kaleb era alcohólico... –explicó con voz más seria–. Perdió a su hermano después de que Kaleb le ayudara a cuidarse durante una larga enfermedad. Desde ahí, todo cayó en picado. Perdió la fe de que las cosas fueran importantes y empezó a beber. Nosotros nos habíamos separado y él dormía en la calle. Una noche, el señor Larsen se detuvo para hablar con él y le devolvió la capacidad de creer en sí mismo. Cuando

Kaleb y yo nos reconciliamos, él me ofreció este trabajo como ama de llaves. Yo estaba trabajando para una cadena hotelera antes de esto, pero no estaba contenta. Perdóneme... creo que estoy hablando demasiado y, seguramente, usted está deseando que le sirva su taza de té y algo para desayunar, ¿verdad?

–Le ruego que no se disculpe. Me alegro mucho de que me haya contado esto, Magdalena. Gracias.

–Y yo me alegro de que a usted no le importe que yo le cuente mi historia y la de Kaleb. Ahora, le prepararé su té.

–Gracias.

–Después, ¿qué le gustaría desayunar?

Magdalena ya se había puesto a preparar el té. Ailsa examinó la imponente cocina y, por fin, consiguió localizar la moderna cafetera. Se dirigió hacia ella y tomó una taza y un platillo de los que había sobre la estantería superior.

–Me gustaría llevarle una taza de café al señor Larsen. ¿Me puede mostrar cómo funciona esta máquina, Magdalena?

–Por supuesto –dijo Magdalena con aprobación–. Será un placer.

Tras terminar su milésima llamada al despacho aquella mañana, Jake arrojó el teléfono móvil sobre el escritorio y se reclinó sobre el respaldo del sillón con gesto cansado. Decidió que necesitaba desesperadamente tomar el aire para despejarse la cabeza.

Se acercó a la ventana para contemplar cómo la nieve cuajaba sobre el suelo y esperó que no nevara demasiado, al menos hasta que llegaran a la casa de campo de su madre. ¿Estaría ya Ailsa levantada? ¿Habría dormido toda la noche? Él no había podido ni pegar ojo. ¿Cómo iba a poder dormir cuando su cuerpo estaba atenazado por una necesidad febril por hacerle el amor?

Lanzó una maldición. ¿Se habría imaginado que los hermosos ojos color ámbar de Ailsa reflejaban desilusión cuando él le mostró su dormitorio la noche anterior, un dormitorio en el que ella iba a dormir sola?

Aún no se podía creer que ella hubiera accedido a ir a Dinamarca con él. Por ello, no había querido poner a prueba su suerte dando por sentado que ella querría acostarse con él. El sentido común le decía que tenía que andar con cuidado aunque su corazón le pedía que lo arriesgara todo. Si se mostraba demasiado ansioso, demasiado desesperado, podría asustar a Ailsa. Lo último que deseaba era que ella se sintiera atrapada.

Se sujetó la cabeza entre las manos. Se sentía completamente bloqueado. Le vendría muy bien una taza de café que lo ayudara a pensar...

Justo en aquel momento, alguien llamó a la puerta.

—Magdalena, debes de haberme leído el pensamiento...

Cuando hizo girar su sillón para mirar la puerta, vio a su hermosa exesposa con un pantalón de pana negro y un jersey de cuello de pico de color rosa. Su glorioso cabello castaño le caía por los hombros hasta llegarle prácticamente hasta las caderas. Jake la observó muy sorprendido. Ella llevaba una pequeña bandeja con una taza de café.

—Soy yo... no Magdalena.

—Ya lo veo —susurró él con una agradable sonrisa.

—Pensé que te apetecería un café...

—Siempre me apetece un café. Gracias.

Ailsa se acercó al escritorio y colocó la bandeja junto al papel secante. Mientras lo hacía, los sentidos de Jake quedaron en trance por el aroma hipnótico del perfume que ella llevaba y su cálido olor a mujer.

—Ahí lo tienes —murmuró ella.

–Y aquí te tengo a ti –replicó él mientras le colocaba las manos sobre las caderas y la obligaba a sentarse sobre su regazo.

Ailsa lo miró muy sorprendida, pero él le buscó los labios con los suyos. Cuando estaba con ella, no podía pensar. Lo único que quería era sentir, experimentar todas las gloriosas sensaciones, las caricias que el delicioso cuerpo de Ailsa pudiera transmitirle.

Cuando le agarró el cuello para profundizar aún más el beso, el cabello de ella le acarició suavemente la mejilla, actuando como cortina del resto del mundo. Deslizar la lengua en la boca de Ailsa era como sumergirse en la miel más dulce. Cuando Jake notó que el hermoso trasero de Ailsa se le movía sobre la entrepierna dado que ella estaba tratando de romper el febril beso, su erótico calor le provocó una inmediata erección.

Le enmarcó el rostro entre las manos y realizó un sonido que era medio gruñido, medio protesta ante el hecho de que ella estuviera tratando de poner fin al placer que él tanto ansiaba prolongar.

–¿Tienes idea de lo que me haces? –le preguntó con voz ronca.

–Yo... Si tengo ese efecto en ti, un efecto contra el que ninguno de los dos parece capaz de luchar, ¿por qué no me invitaste a dormir contigo anoche en vez de darme una habitación para mí sola?

Jake la miró fijamente durante un instante. Luego levantó la mano para apretar la yema del pulgar contra unos labios de los que no parecía nunca satisfacerse.

–¿Acaso querías que te invitara a compartir mi cama, Ailsa?

–¿Cómo esperas que yo sepa nada cuando me miras de ese modo? –replicó ella. Se levantó del regazo de Jake como movida por un resorte y se alejó unos metros de él.

Jake se levantó también con un suspiro en parte de satisfacción y en parte de frustración.

–¿De qué modo? ¿Como te estoy mirando ahora? ¿Por qué no me lo dices?

–Como... como... ¡Como si quisieras comerme! –exclamó por fin.

Jake soltó una carcajada.

–¿Y qué si lo hago? ¿Y qué si quiero tocarte, besarte por todas partes, hacer que se te aceleren los latidos del corazón y que la sangre se te convierta en fuego? ¿Me lo permitirías, Ailsa?

–Esto es ridículo. Yo solo... solo vine aquí para traerte una taza de café –susurró ella mientras se daba la vuelta para marcharse.

–¿Y por qué no dejaste que fuera Magdalena quien me lo trajera?

–Porque yo... –respondió ella girándose de nuevo–. ¡Porque quería saber si la razón por la que no me invitaste a compartir tu cama anoche fue porque otra mujer la había estado compartiendo últimamente contigo!

Jake se acercó a ella.

–¿De verdad crees eso? La única razón por la que no te pedí que te acostaras conmigo anoche fue por consideración a lo que podrías estar sintiendo. Habíamos tenido un día muy largo viajando y parecías muy cansada. Pensé que descansarías mejor en tu propia habitación. Fue simplemente por eso, Ailsa.

–Incluso así... tú me dijiste... tú me dijiste que no llevabas una vida monacal o algo parecido. Por supuesto, tienes todo el derecho del mundo a acostarte con otra mujer. No se me ha olvidado que llevamos ya bastante tiempo divorciados. Sin embargo, yo había esperado... Bueno, no importa. Ni siquiera sé lo que estoy diciendo. Toda esta situación es demasiado alocada para definirla con palabras –susurró mientras miraba el suelo.

Jake la obligó a levantar la barbilla. Vio que tenía los hermosos ojos llenos de lágrimas.

–Para que lo sepas, no he traído nunca a esta casa a ninguna mujer para que comparta conmigo mi cama. Cuando he estado con alguien, algo que he hecho exclusivamente por el sexo, me la he llevado a un hotel. La última vez que estuve con una mujer de ese modo fue hace unos seis meses. ¿Está bien?

Ailsa quería gritarle que por supuesto que no estaba bien. Reconocía que su reacción era alocada, posesiva y celosa. No sabía qué hacer con el dolor que sentía en su interior. Lo amaba. Él también había tenido que soportar la dolorosa pérdida de su hijo y, aunque no habían podido seguir juntos, jamás dejaría de amarlo. Para ella, sencillamente no había otro hombre ni lo habría nunca. Jake era el padre de su hija y eso contaba más de lo que podía afirmar. Sin embargo, sabía que no era justo esperar de él que hubiera permanecido célibe durante cuatro largos años.

Respiró profundamente y dio un paso atrás para alejarse del contacto que le hacía hervir la sangre. Entonces, asintió.

–Está bien. Cuando hayas terminado de trabajar, ¿crees que podríamos hablar sobre cuándo vamos a ir a ver a Saskia? Parece que está nevando con más fuerza y no deberíamos dejarlo hasta mucho más tarde.

–Nos iremos en cuanto me haya terminado el café –prometió él–. ¿Contenta?

–Sí. Contenta. Me marcho a mi habitación para prepararme.

–Ailsa...

–¿Sí?

–Cuando regresemos esta noche, tal vez querrías trasladar tus cosas a mi habitación...

Ailsa se tragó el nudo que se le había hecho en la

garganta. Se encogió de hombros y murmuró suavemente:

–Está bien...

Jake le dijo que, desgraciadamente, tenía que examinar unos documentos durante el trayecto hacia la casa
en la que Tilda Larsen vivía en el campo. Ailsa sonrió.
Había visto claramente que él quería disfrutar de su
compañía en vez de tener que trabajar. Alain se puso al
volante mientras los dos se acomodaban en los lujosos
asientos de cuero. Inmediatamente, Jake se puso a trabajar y Ailsa a disfrutar del bonito paisaje mientras via-
jaban. Se moría de ganas por ver a su hija.

Al pensar en Saskia, recordó algo muy importante.
Se volvió para mirar a Jake, que seguía inmerso en su
trabajo. A ella jamás se le habría ocurrido molestarle,
pero el motivo de su preocupación era muy importante.

–Jake...

–¿Umm?

–¿Has traído la carta de Saskia? Si la tienes, me gustaría echarle un vistazo.

–¿La carta de Saskia? Por supuesto. La tengo aquí
–dijo él. Abrió el maletín de cuero y sacó un sobre blanco
ligeramente arrugado, que le entregó a ella con una expresión triste en el rostro–. Debería haberla mirado antes contigo, lo sé. Me temo que el trabajo me lo impidió
esta mañana.

–No importa –respondió ella con una sonrisa–. Re-
pasaré la lista y te diré lo que quiere, ¿de acuerdo?

–Buena idea. Estoy leyendo este documento ahora
para poder tomarme unos días libres. Para que lo sepas,
seguramente estaré libre a partir de mañana.

–Gracias por decírmelo –comentó ella. Sentía una
agradable sensación en el vientre.

Se acomodó de nuevo en su asiento y comenzó a rasgar el sobre. Para su sorpresa, había dos páginas cuidadosamente dobladas. Ailsa sonrió al pensar que la carta de peticiones de Saskia era más clara de lo que sus padres habían anticipado y se dispuso a leer la primera de las hojas. Ver la letra infantil, realizada con un lápiz de color azul, le llenó los ojos de lágrimas. Se las limpió discretamente para que Jake no se diera cuenta y comenzó a leer la escueta enumeración de regalos que su hija había escrito. Como había esperado, los regalos eran bastante modestos. Cuando centró su atención en la segunda de las hojas, lo que había escrito en ella le cortó la respiración.

Queridos mamá y papá:

No me importa si Papá Noel no me trae ninguna de las cosas de la otra lista. El regalo que más me gustaría sería que los dos volvierais a estar juntos. Es una pena que mi hermanito muriera y que yo nunca tuviera la oportunidad de conocerlo, pero lo que más deseo del mundo es que nosotros volvamos a ser una familia de verdad y que los dos viváis en casa juntos conmigo.

Con mucho cariño,

Saskia. XXX

Ailsa se mordió los labios y volvió a meter la primera de las páginas en el sobre mientras que se guardaba la otra a escondidas en el bolsillo de la chaqueta de lana.

–¿Puedo verlo?

–Por supuesto.

Trató de permanecer tranquila y no traicionar los tormentosos sentimientos que se habían apoderado de ella. Entonces, le entregó el sobre a Jake. A continuación, giró la cabeza y se puso a mirar por la ventana para disimular lo que había ocurrido.

Aquel no era el momento adecuado para compartir con él lo que estaba escrito en la segunda hoja de papel. A pesar de que el corazón se le aceleraba ante la perspectiva de hacer que el deseo de su hija fuera realidad, sería un grave error dar por sentado el futuro o presionar a Jake de modo alguno.

De soslayo, observó cómo sonreía al leer la carta de la niña. Le miró la cicatriz. No era la primera vez que se le hacía un nudo en el estómago al recordar cómo se la había hecho. Decidió que Jake necesitaba tiempo para volver a conocerla. No le mostraría la petición de Saskia hasta que él estuviera preparado. Él necesitaba ver que Ailsa había olvidado todo lo ocurrido en el pasado y que lo había perdonado. Cuando dijo que quería vivir la vida, lo había dicho en serio. Necesitaba vivir con fe y optimismo aunque, por supuesto, deseaba que su vida fuera compartida con él.

De repente, las dudas se apoderaron de ella. Tal vez ella estaba dispuesta a hacer todo lo necesario para que su relación funcionara, pero ¿podría Jake atarse a una mujer que no podría darle nunca el hijo que tanto ansiaba? Cerró los ojos durante un largo instante y rezó para que no lo viera como algo negativo. Más que nada, quería que Jake supiera que el amor que sentía hacia él era fuerte y verdadero y que, si él accedía a estar de nuevo con ella, Ailsa jamás le volvería a permitir que lo dudara.

Capítulo 11

LA IMPONENTE casa blanca apareció en un claro del bosque, al final de una serpenteante carretera. Su presencia era mágica y pintoresca. Sin embargo, por muy hermosa que fuera, la atención de Ailsa no quedó atrapada por la casa durante mucho tiempo. Sobre los escalones de madera que conducían a la casa, había una niña vestida con unos vaqueros y un jersey de color rosa. Ailsa salió del coche y echó a correr hacia la pequeña antes de que el servicial Alain pudiera abrirle la puerta.

–¡Mamá! –gritó Saskia llena de felicidad mientras bajaba los escalones a toda velocidad con los brazos abiertos de par en par.

En el instante en el que se fundieron en un tierno abrazo, Ailsa empezó a besar la pequeña cabeza rubia con profunda alegría.

–Dios mío... ¡Creo que has crecido! ¿Qué es lo que te ha estado dando la abuela de comer para que te hayas puesto tan alta?

–He estado comiendo mucha sopa casera con patatas. Me alegro tanto de verte, mamá... –dijo la pequeña. Sus ojos azules, tan parecidos a los de su padre, relucían de felicidad.

–Yo también me alegro de verte a ti, mi niña. Te he echado tanto de menos...

–¡Además está nevando! –exclamó la pequeña–. He

rezado tanto para que las Navidades fueran blancas que mis plegarias han sido escuchadas.

–En casa también tenemos mucha nieve.

–¿Construisteis papá y tú un muñeco de nieve?

–No, cariño. Me temo que hacía tanto frío que estábamos demasiado ocupados tratando de entrar en calor.

–Hola, briboncilla.

Le tocaba el turno a Jake de saludar a su hija. La abrazó con fuerza y la besó repetidamente. Sin soltar la manita de su hija, Jake miró sonriente a Ailsa. Ella casi no pudo respirar al ver el evidente gesto de placer y satisfacción que él tenía en los ojos. Le llamó la atención lo diferente que él parecía cuando estaba verdaderamente feliz, sin llevar ningún peso encima. Había echado tanto de menos verlo así de feliz...

–Vayamos dentro, ¿os parece? –sugirió él mientras comenzaba a subir los escalones con Saskia. Entonces, se volvió a mirar a Ailsa–. Vamos, caracol –le dijo–. Sin duda, mi madre está muy ocupada en la cocina. Tiene muchas ganas de verte, Ailsa.

–¿De verdad?

Resultaba difícil que las dudas no se le reflejaran en la voz. ¿Qué sería lo que Tilda pensaría de ella después de haberse distanciado tanto de su hijo en aquellos últimos años? ¿Estaría enfadada con su exnuera por que Ailsa casi no hubiera hablado con su hijo ni por teléfono? Conociendo a Tilda, no resultaba difícil pensar que ella pudiera sentirse agraviada.

–Claro que sí. Vamos. Aquí fuera hace mucho frío.

–¿Y Alain? –preguntó Ailsa. Se dio la vuelta justo cuando el lujoso coche se daba la vuelta y se alejaba de la casa.

–Va a la ciudad a realizar un recado para mí. No te preocupes. Regresará a tiempo para llevarnos a casa.

–¡Abuela, ya están aquí! ¡Mamá y papá están aquí!

Saskia soltó la mano de Jake para entrar en la casa y buscar a su abuela. En cuanto atravesaron el umbral, los sentidos de Ailsa se vieron asaltados por una acogedora calidez y unos deliciosos aromas. Había visitado la casa de la familia Larsen en muchas ocasiones mientras estuvo casada con Jake y recordaba los brillantes espacios abiertos de su interior, los suelos de madera, los altos techos y las ventanas panorámicas que dejaban pasar toda la luz disponible.

Después de que los dos se hubieran quitado los zapatos y los abrigos, Jake la condujo hacia la enorme cocina. Allí, una menuda mujer de cabello rubio los esperaba con los brazos abiertos y Saskia muy ansiosa a su lado. Apenas había cambiado desde la última vez que Ailsa la vio, hacía ya cuatro años. Algo más canosa, sí, pero el encantador rostro de la anciana era tan cálido y lleno de vida como siempre.

Abrazó primero a Jake y murmuró suavemente:

–Mi maravilloso hijo....

Ailsa sintió que se le hacía un nudo en la garganta al ver el inmenso amor con el que Tilda miraba a Jake. Entonces, sonrió al ver que la anciana centraba su atención en ella.

–Bienvenida a casa, Ailsa. Mi querida hija...

Aquella simple palabra rompió el muro que contenía las lágrimas de Ailsa. Incapaz de detener sus sentimientos, abrazó a Tilda tan afectuosamente como la anciana la estaba abrazando a ella. Entonces, la sujetó por los hombros para mirarla cariñosamente.

–Tu corazón lleva oscurecido por las sombras demasiado tiempo, ángel mío. Perder a un hijo debe de ser el peor dolor del mundo para una madre. Lo siento mucho por ti y por mi querido hijo. Yo también he conocido la tristeza desde que perdí a mi Jacob, pero nuestros seres queridos no descansarán en paz si nos pasamos el resto de nuestras vidas sufriendo por su partida. Querrían que nosotros viviéramos, Ailsa, que viviéramos, que amáramos y que disfrutáramos del tiempo que nos queda. ¿No te parece?

–Tienes razón –susurró ella mientras se secaba las lágrimas con las yemas de los dedos–. Por supuesto que tienes razón. Lo sentí mucho cuando me enteré de lo de Jacob. Sé lo mucho que os queríais el uno al otro.

–La vida ha sido dura sin él, pero cada día se va haciendo más fácil si aprendo a vivir en paz, a aceptar en vez de luchar contra lo que ha ocurrido. Tener a mi querida Saskia a mi lado me ha ayudado más de lo que puedo expresar con palabras, Ailsa. Gracias por acceder a que ella se quedara un poco más de tiempo aquí conmigo. Ahora, Jake, ¿por qué no llevas a Ailsa al salón y os calentáis junto al fuego? Saskia y yo os prepararemos una bebida caliente. Más tarde, almorzaremos *steggt flaesk*.

Con la suave luz de la tarde y el brillo naranja y rojizo del fuego, el elegante árbol de Navidad destacaba aún más. Al verlo, Ailsa sintió que se le alegraba un poco más el corazón. Cuando estaba en el orfanato, soñaba con una casa como aquella, un hogar en el que todas las tradiciones importantes se celebraran con cariño y alegría. Vio que del techo colgaba la tradicional corona de adviento, con sus cuatro velas rojas y blancas. Se encendía una de las velas en cada domingo anterior a la Nochebuena. Recordó que se quedó encantada cuando le contaron la tradición por primera vez.

Jake le agarró la mano y la condujo hacia el sofá más cercano al fuego.

–¿Te encuentras bien?

–Sí. Me ha emocionado mucho que tu madre me saludara tan cariñosamente.

–¿Por qué? ¿Acaso esperabas que no lo hiciera?

–Bueno, hace cuatro años que no me ve y apenas he hablado con ella. Pensé que podría estar enfadada conmigo por no haberme comunicado tampoco mucho contigo.

–Si esperabas que estuviera enojada contigo, no la conoces en absoluto.

Ailsa quedó en silencio. ¿Qué podía decir cuando Jake acababa de decir la pura verdad? Aquel comentario le hizo darse cuenta de que se le había empezado a dar muy bien mantener a distancia a las personas que más cercanas habían estado a ella. Rezó para que nunca hiciera lo mismo con su hijita.

–Eh –susurró él mientras le acariciaba suavemente la mejilla–. Me alegra mucho tenerte aquí, Ailsa. Mucho. Hace mucho tiempo...

Efectivamente, Jake se alegraba de que Ailsa hubiera regresado junto a las personas que más la querían. A lo largo de los años que estuvieron juntos, él había observado a menudo que, en ocasiones, Ailsa parecía una niña perdida. Una mirada triste y lejana se le reflejaba en la mirada, revelando así que estaba perdida en el pasado, en el mundo incierto e inseguro de su infancia. Jake había recibido de sus padres un apoyo incondicional a lo largo de su vida y ni siquiera se podía imaginar lo que habría supuesto para Ailsa no tener a nadie más que el personal del orfanato en el que se había criado.

Cuando se enamoró de Ailsa, se juró casarse con ella tan pronto como fuera posible y se prometió que no consentiría que ella volviera a dudar de que se la amara. Sin embargo, cuando Ailsa perdió a su hijo, Jake pareció olvidarse de esa promesa. Había estado tan ensimismado en su propio dolor que había descuidado a Ailsa y se había olvidado de transmitirle que, algún día, las cosas volverían a ir bien y que él la amaría hasta el final de sus días. Que el hecho de que ella no pudiera volver a tener niños no se interpondría en su felicidad. Debería haberle dicho todas estas cosas y haberle asegurado que era totalmente feliz con la pequeña familia con la que ya había sido bendecido y que no necesitaba nada más para ser dichoso. Sin embargo, no lo había hecho. Se había alejado de ella y de su matrimonio para tratar de huir de su propio dolor.

–Papá, la abuela me ha ayudado a preparar café para ti y té para mamá. Además, hemos hecho estas galletas juntas. Sin embargo, la abuela me ha pedido que os diga que no debéis comer demasiadas porque si no, no tendréis hambre a la hora de comer.

–¿Cómo se supone que voy a ser capaz de resistirme si les habéis dado un aspecto tan tentador? –replicó Jake con una sonrisa.

Saskia le ofreció la bandeja a su madre.

–¿Quieres que te ayude, cielo? –le preguntó Ailsa–. Parece muy pesada...

–Me las puedo arreglar, mamá. Se me está empezando a dar muy bien ayudar en las tareas de la casa, ¿verdad, abuela?

La niña había visto que Tilda acababa de entrar en el salón y se colocó al lado de ella.

–Eres una constante sorpresa para mí, *min skat*.

–Y ahora que nos has servido las bebidas, ángel mío, deja que te ayude con eso –dijo Jake. Puso su café sobre la mesa y le quitó a su hija la bandeja para ponerla sobre el suelo, junto a sus pies.

–Jake, Saskia ha hecho más galletas que aún están en el horno. ¿Te importaría ir a la cocina con ella para sacarlas? Mientras lo hacéis, yo me puedo quedar aquí con Ailsa para charlar con ella. Jake experimentó un momento de ansiedad porque su madre deseara hablar con Ailsa, pero, como no podía hacer nada para impedirlo, tenía que confiar que la conversación no fuera a disgustarla.

–Está bien. Vamos, cielo. Iremos a rescatar tus galletas del horno antes de que se quemen.

–Te aseguro que no se quemarán, papá. La abuela y yo las pusimos a la temperatura exacta. Además, yo soy una buena cocinera y nunca dejo que se me quemen las cosas. ¿Verdad, abuela?

–Ciertamente aprendes muy rápido, chiquitina.

–En ese caso, vamos –le dijo Jake mientras le revolvía cariñosamente el cabello.

Él tomó su café y se marchó del salón detrás de su hija.

Tilda se sentó junto a Ailsa. Suspiró y procedió a tomar la mano de la joven entre las suyas.

–Mi hijo parece muy feliz –empezó–, en paz con la vida por una vez en lugar de estar peleándose con ella. Mi intuición me dice que tú eres la responsable, Ailsa.

–Bueno, ha sido muy agradable poder pasar unos días juntos –admitió ella suavemente. Se alegraba mucho de ver que Tilda ni estaba enojada ni desilusionada con ella–, y hemos hablado. Hablado de verdad por primera vez desde el divorcio. Creo que nos ha ayudado a ambos.

–Eso es bueno.... muy bueno. Ahora, querida mía, te voy a decir lo que pienso –le dijo Tilda sin soltarle la mano–. En mi opinión, jamás os deberíais haber divorciado. Sé que sorprende escucharme hablar así, pero te ruego que me hagas el honor de escucharme un momento.

–Está bien...

–No fue culpa de nadie. Ni tuya ni de mi hijo. Los dos estabais tan destrozados por lo ocurrido que me sorprende que pudierais tomar alguna decisión. Ciertamente, no era el momento para una decisión tan importante como el divorcio. Sé que los dos estabais pasando un bache en vuestra relación. ¿Cómo no iba a saberlo cuando veía a mi hijo ocupado con su trabajo y no con su familia? Era el mismo comportamiento de mi esposo a lo largo de toda nuestra vida de casados. Eso le hace a una mujer la vida muy difícil. Sé que Jacob me amaba, pero no le resultaba fácil demostrarlo. Sé que a Jake le costó mucho asimilar la manera de ser de su padre. ¿Sabes que hasta en su lecho de muerte Jacob no hacía más que preocuparse por su negocio y sobre la manera en la que nuestro hijo se ocuparía de todo? Se habían peleado los dos en muchas ocasiones sobre las innovaciones que Jake quería llevar a cabo. Mi esposo era de la vieja escuela. Creía en que se aprendía a hacer una cosa y se seguía ese mismo método durante el resto de su vida.

Tilda suspiró suavemente y sacudió la cabeza.

—Después del accidente, los dos necesitabais mucho más apoyo del que creíais. Sin embargo, una vez más, por la gran pena que sentíais, ninguno de los dos estaba dispuesto a recibirlo. Me apena decir esto, pero en los años que hace que os separasteis, mi hijo es un hombre completamente cambiado, un hombre al que no puedo llegar por mucho que me esfuerce por hacerlo. No es la trágica muerte del bebé o la profunda cicatriz de su rostro lo que lo han cambiado. Sin ti en su vida, Ailsa, es como un barco sin timón. Se ha aislado cada vez más. Me dijo en una ocasión que lo único que hacía que mereciera la pena vivir la vida era Saskia. Solo se anima cuando está con ella. Ahora, te voy a hacer una pregunta y quiero que me digas la verdad. No me digas lo que crees que quiero escuchar, ¿me entiendes?

Ailsa se mordió el labio y asintió. Los ojos se le habían vuelto a llenar de lágrimas.

—¿Sigues sintiendo algo por Jake?

—Sí —admitió ella mientras apartaba la mano de las de Tilda y se la colocaba sobre el regazo.

—En ese caso, te voy a hacer una sugerencia. Quiero

que dejes a Saskia aquí hasta la Nochebuena y que os vayáis los dos por ahí solos. Tú me dices que habéis hablado, pero creo que os queda mucho que decir. Creo que os queda lo más importante en realidad. Entonces, el día de Nochebuena, debéis regresar y pasar el día aquí con nosotras. Yo prepararé una de las habitaciones de invitados y tú te podrás quedar todo el tiempo que necesites.

—Es que quería llevar a Saskia de compras. Sé que quiere comprar algunos regalos y yo aún tengo que adquirir las cosas que ella apuntó en su lista.

—Deja que sea yo quien la lleve al mercado de Navidad. Tiene más sentido cuando seguramente los regalos que quiera comprar sean para su padre y para su madre. ¿Has mencionado la lista que ella escribió?

—Sí.

—Había dos hojas de papel en ese sobre...

Ailsa sintió que los latidos del corazón se le aceleraban.

—Así es –admitió.

—¿Las leyó él?

—No. Jake me dio a mí el sobre.

—Por lo tanto, Jake no tiene ni idea de lo que escribió la niña.

—No. Le dejé leer la de los regalos de Navidad, pero nada más.

—Ah.

—Te prometo que le mostraré la segunda carta. Te lo prometo. Lo haré. Sin embargo, el momento tiene que ser el adecuado.

—Eso es cierto. Aprovecha esta oportunidad para estar a solas con él y te aseguro que encontrarás el momento adecuado. Ese es el consejo que te doy. Almuerza con Saskia y conmigo y luego vete a casa. Regresa a la ciudad con Jake. Si Jacob siguiera aquí, no me cabe la menor duda de que te daría el mismo consejo. Amaba a nuestro hijo con todo su corazón, Ailsa, aunque a menudo no lo demostrara. Estaba muy orgulloso de él.

No era Ailsa quien debería decirle a Tilda que Jake siempre había dudado del amor de su padre. Eso era algo de lo que los dos tendrían que hablar. Sin embargo, en aquellos momentos, por mucho que añorara estar con su hija, sabía que no debía dejar pasar la oportunidad de estar con Jake y expresar por fin todos sus sentimientos.

–Está bien. Seguiré tu consejo, siempre que, por supuesto, Jake esté de acuerdo.

Tilda se puso de pie.

–Confía en mí, hija mía. Él estará totalmente de acuerdo. Tener la oportunidad de pasar un tiempo contigo, de hablar y de conseguir que prenda de nuevo la cercanía de la que siempre habíais disfrutado, de borrar los sufrimientos del pasado y mirar hacia un futuro más feliz... ¿Por qué se iba a negar? Ahora, tengo que ir a preparar el almuerzo. Si no, ¡será la hora de cenar cuando almorcemos!

Jake estaba muy callado cuando Alain los llevaba de vuelta a la ciudad. Habían disfrutado de un delicioso almuerzo y después, él había salido al jardín para hacer un muñeco de nieve con Saskia. Los copos habían dejado de caer, pero habían formado una capa muy generosa de nieve en el suelo.

Los dos lo habían pasado estupendamente. Para Ailsa había sido una delicia ver cómo los dos se divertían. Sin embargo, después de abandonar la hermosa casa del bosque, Ailsa no podía dejar de preguntarse si Jake se arrepentía de haber accedido a la sugerencia de su madre de que pasara un tiempo a solas con ella durante los siguientes días. El miedo de que él se hubiera sentido presionado a volver a hacer saltar la chispa en su relación sin quererlo verdaderamente había vuelto a hacer acto de presencia. Lo último que ella quería era que Jake accediera a reconciliarse con ella por culpabilidad.

Para aliviar el ambiente, Ailsa buscó un tema seguro del que hablar.

—Me ha encantado volver a ver a Saskia. Resulta evidente que es muy feliz con tu madre.

—Creo que significa mucho para ambas poder estar juntas —dijo él dedicándole a Ailsa una breve sonrisa. Muy breve.

Este gesto no resultó nada tranquilizador.

—¿Estás seguro de que no te importa que volvamos a casa solos, Jake? Me da la sensación de que no estás muy contento al respecto.

—Esperemos a llegar a mi casa para hablar sobre ello, ¿te parece?

Ailsa quedó presa en un tenso silencio. Se puso a mirar de nuevo por una ventana y se colocó las manos entrelazadas sobre el regazo. Deseó poder sentirse más esperanzada.

El viaje le resultó verdaderamente interminable.

Cuando Alain por fin metió el coche en el enorme aparcamiento privado que había en la parte anterior de la casa, Ailsa esperó pacientemente a que el chófer le abriera la puerta.

—Buenas noches, *madame*. Espero que disfrute usted del resto de la velada.

Jake estaba ya en la puerta principal. Introdujo la llave en la cerradura y esperó a que Ailsa se reuniera con él y lo precediera antes de penetrar en el interior.

—¿Te gustaría tomar una copa? ¿Un café?

Jake tomó el abrigo de Ailsa y lo colgó en un elegante perchero que había junto a la puerta, aunque ella sacó primero un arrugado papel de uno de los bolsillos.

–Tomaré un café, por favor.

–En ese caso, será café para dos –replicó él. Se quitó el abrigo de cachemir negro que llevaba puesto, lo dejó también en el perchero y atravesó la zona de recepción para dirigirse a la cocina.

Allí, él se puso a preparar los cafés para ambos. Parecía que se estaba tomando todo el tiempo del mundo, como si así quisiera poder reagrupar sus pensamientos.

Ella se sentía muy inquieta. Tomó asiento y recordó que él le había sugerido aquella misma mañana que, cuando regresaran de la visita, trasladarían las cosas de Ailsa a su dormitorio. ¿Habría cambiado de opinión desde entonces?

–Jake...

–¿Qué es lo que pasa? –le preguntó Jake mientras se volvía a mirarla con sus maravillosos ojos azules.

–Es sobre... sobre la lista de regalos de Saskia.

–Tenías razón. Ha pedido muy pocas cosas.

–Así es, pero... pero había otra petición que ha hecho.

–Lo sé.

–¿Cómo que lo sabes?

–¿Y cómo te parece a ti? He estado con ella toda la tarde y ella me lo ha mencionado. Quería saber si leímos la nota juntos cuando estábamos los dos en Inglaterra. Antes de que yo pudiera admitir que no lo habíamos hecho porque queríamos hacerlo cuando llegáramos aquí, ella me preguntó si estábamos considerando seriamente lo que ella había pedido y si estábamos de acuerdo. Por último, quiso saber si iba a ocurrir en Navidad. Supuse que tenía algo que ver con que nosotros dos volviéramos a estar juntos.

–Dios...

La nota parecía arderle a Ailsa en el puño de la mano. Ella la estiró y se la ofreció a Jake. Él la tomó, la leyó brevemente y suspiró. Entonces, la dejó sobre la encimera de acero que tenía a sus espaldas.

–Menuda petición.

–Lo sé... –afirmó Ailsa.

Se había prometido antes que se enfrentaría con todo. Sin embargo, cuando llegó el momento, se sentía aterrada de que Jake simplemente dijera que aquello no iba a ocurrir nunca, que era una noción imposible y que, cuanto antes le dijeran a Saskia que su deseo no iba a realizarse nunca, mejor sería para todos.

–¿Por qué no me la mostraste esta noche inmediatamente, cuando íbamos en mi coche hacia la casa de mi madre? Me diste la otra nota.

–Sé que debería haberlo hecho, pero me preocupaba que tú... Me pareció que tú podrías sentirte presionado. Atrapado incluso.

–¿Y no podías dejar que fuera yo quien juzgara eso?

–Lo siento –susurró ella. Se sentía muy culpable–, pero aunque Saskia lo es todo para nosotros, no quería que sintieras que debías acceder a su petición simplemente para hacerla feliz. Tú también te mereces ser feliz, Jake. Quiero hacer lo que sea mejor para ti. Si eso significa que prefieres tener la libertad de ser un hombre soltero o que prefieres estar con otra mujer, te garantizo que no habrá ni amargura ni culpabilidad hacia ti por mi parte. Te lo prometo.

–¿Quieres decir que me permitirías que me marchara como lo hice ya antes?

Cuando Jake pronunció aquellas palabras, Ailsa lo miró completamente horrorizada. Entonces, asintió.

–Te dejé marchar porque creía que no tenía nada más que ofrecerte. Me mataba verte tan triste.

–Fue una época muy oscura. Creo que ninguno de los dos estaba en sus cabales.

–Tienes razón. Así fue. ¿Cómo íbamos a estarlo después de un suceso tan devastador? Sin embargo, si tú decidieras que quieres quedarte conmigo para tratar de revivir lo que una vez existió entre nosotros antes de que las cosas se pusieran difíciles, quiero que tengas en cuenta que no puedo volver a tener más hijos. No te puedo dar el hijo que tanto anhelas.

El silencio que siguió a esta declaración fue absoluto. Cuando Jake tomó la palabra, Ailsa sintió que el nudo que se le había hecho en el estómago se deshacía un poco.

–Me diste una hija, Ailsa. Una hermosa hija. Y también me diste un hijo. Tal vez Thomas no esté con vida, pero sigue siendo mi hijo y jamás lo olvidaré. ¿De verdad crees que la única razón por la que querría estar contigo es porque podrías darme hijos y no simplemente porque yo...?

Se colocó de repente delante de ella. Agarró el tembloroso cuerpo de Ailsa y lo estrechó contra el suyo. Ella creyó que se desharía por aquel maravilloso contacto. Jake la tenía completamente en ascuas por lo que estaba tratando de decirle.

–¿Por qué, Jake? –susurró.

Capítulo 12

NO TE lo imaginas? ¿No lo sabes?
Jake se dijo que, como el corazón le latiera con
más fuerza, se le saldría del pecho. No resultaba exactamente fácil pensar en nada cuando los em-
brujadores ojos de Ailsa lo observaban, haciendo que
temblara de deseo por abrazarla y besarla, por aplacar
la sed que despertaba en él y de la que nunca parecía
saciarse.

–Te amo, Ailsa. Jamás he dejado de amarte. Siempre
te amaré. Cuando me ocultaste la nota de Saskia, me
temí que estuvieras completamente en contra de la re-
conciliación. No veía otra razón para que no me la hubieras enseñado. Por eso, estaba tan serio en el trayecto
a casa.

–Jake, yo tampoco he dejado de amarte nunca, ni siquiera cuando accedí a divorciarme de ti. Desde entonces, he aprendido que el verdadero amor no es un sentimiento que muera, ni siquiera cuando la tragedia
golpea como nos golpeó a nosotros. Lo supera todo.

Ailsa enmarcó el rostro de Jake con las manos. Él se
llenó de alegría al escuchar cómo su esposa decía palabras que jamás había pensado volver a escuchar en sus
labios.

–Yo no quería que nos separáramos –prosiguió
ella–. ¿Cómo iba a querer cuando solo pensarlo me parecía una muerte en vida? Perdí a nuestro hijo y luego
te perdí a ti, amor mío...

–Yo estaba confuso y desesperado. Quería aliviar el dolor de ambos, por lo que te pedí el divorcio. Sin embargo, si pensé que eso podría hacer que las cosas resultaran más fácil, debí de estar loco. No sé tú, pero yo me sentía aún más atormentado.

Jake cubrió una de las manos de Ailsa con la suya y giró el rostro hacia la palma para besarla. El placer y la esperanza que sintió al notar aquella piel aterciopelada bajo la suya estuvo a punto de hacerle perder la compostura.

–Cuando te volví a ver, supe inmediatamente que mis sentimientos no habían cambiado desde que nos separamos. Se habían hecho más fuertes. Cuando tu amigo el granjero se presentó en tu casa, sentí deseos de pegarle un puñetazo por atreverse a pensar que podía tener lo que era mío. Si eso me hace parecer celoso y posesivo, no tengo excusa alguna. A veces, creo que me podría morir por lo mucho que te deseo, Ailsa. Quiero casarme contigo. Cásate conmigo en cuanto podamos organizarlo. Quiero mucho más que vivir contigo. No me conformo con que tú seas solo mi amante y mi compañera. Quiero que seas mi esposa.

–¿Crees que yo podría...?

–¿Cómo? ¿Es que tienes dudas? Si es así, dime cuáles son para que pueda resolverlas.

Como respuesta, Ailsa le rodeó la cintura con los brazos y, de puntillas, le dio un beso en los labios que, evidentemente, no estaba diseñado tan solo para que él dejara de hablar, sino para evitar también que siguiera pensando. El deseo se despertó en su mirada, más ardiente que las brasas de una hoguera. Para acrecentar su tormento, Ailsa sonrió. En aquel momento, él se sintió como si estuviera mirando a la mujer más hermosa que pudiera aspirar nunca a ver.

–Solo iba preguntarte si podía mudar mis cosas a tu dormitorio esta misma noche. ¿Te parece bien?

–¿Y qué cosas crees que vas a necesitar, nena? –le preguntó él. Le hundió las manos en el cabello y le robó un largo y apasionado beso. Cuando volvió a levantar el rostro, vio con satisfacción el efecto que aquella apasionada caricia había tenido. Los ojos de Ailsa brillaban más aún que las estrellas–. Te aseguro que no vas a necesitar nada de ropa. Al menos, no hasta mañana a la hora de almorzar.

–¿Significa que vamos a estar en la cama hasta entonces?

–Eso te lo aseguro.

–En ese caso, ¿crees que nos podríamos saltar el café e ir directamente al dormitorio?

Jake le habría mostrado el intenso placer que le producían aquellas palabras si ella no le hubiera colocado un dedo sobre los dedos para impedirle hablar y conseguir así que ella pudiera seguir haciéndolo sin interrupción.

–Ah, y como respuesta a tu proposición, me encantaría casarme contigo. El destino quiere que tú y yo estemos siempre juntos. Tú me preguntaste si tenía dudas. Te puedo decir sinceramente que no tengo ninguna. Tan solo tengo esperanzas. Muchas esperanzas para nosotros, amor mío.

La luz de la luna llena iluminaba el fascinante rostro de Jake que, a pesar de aquella cruel cicatriz, aún seguía teniendo tanto poder para hipnotizarla. Aquella cicatriz siempre marcaría un hecho heroico y no afeaba en modo alguno al hombre con el que ella iba a volver a casarse.

Le apartó el mechón de cabello rubio que le había caído sobre la frente y tuvo la inmediata satisfacción de ver cómo los ojos de Jake se oscurecían inmediatamente. Ailsa estaba sentada a horcajadas sobre él. Estaban en la enorme cama de él, gozando del tacto de las sábanas de seda. Ella pensó que podría morir en aquel mismo instante de pura felicidad. Volver a gozar de aquella intimidad con él, sin temer nada porque sabía que podía confiar plenamente en él más que en ninguna otra persona, la hacía sentirse increíblemente gozosa. Sentía un hormigueo en la boca por los besos con los que él se la había devorado y el cuerpo le dolía en muchos deliciosos lugares por las apasionadas atenciones que él le había dedicado incansablemente. Entre los brazos de Jake, había tenido la buena fortuna de visitar un lugar más allá de las estrellas ya en dos ocasiones y, evidentemente, no parecía que Jake tuviera intención alguna de permitir que eso fuera suficiente. En aquellos momentos, Ailsa ansiaba darle placer exclusivamente para él.

Jake le agarró la muñeca cuando ella hizo ademán de desencajar su cuerpo del de él.

—¿Qué estás tratando de hacerme? —protestó—. ¿Es que no ves que estoy ardiendo por ti?

—Te prometo que no me voy a ir muy lejos. Solo quiero...

Se deslizó por el cuerpo de Jake y empezó a besarle... Comenzó por los rosados pezones, que quedaban delineados por un suave vello rubio. Entonces, siguió bajando por el torso para llegar hasta el tenso estómago. Siguió bajando por un sendero destinado a proporcionarle a su amante un placer máximo. Utilizó la lengua para conseguir las sensaciones más provocadoras que su imaginación era capaz de crear. Le besó la firme carne hasta llegar al ombligo y más allá... hasta la delicada columna de vello que parecía señalar el lugar por el que había estado unida a él tan extáticamente...

—Ailsa, por Dios, ten piedad de mí...

Ella interrumpió un instante sus provocativos besos para mirarlo.

–Tú no has tenido piedad alguna conmigo cuando me estabas volviendo loca de deseo hace unos instantes.

–Te prometo que pagarás por esto... te volveré aún más loca cuando...

El gruñido que Jake emitió hizo que Ailsa sonriera. Le había agarrado el miembro con la mano y, con una femenina satisfacción, comenzó a palpar el poder y la fuerza de la masculinidad de Jake.

–¿Me lo prometes?

Sintió que él volvía a agarrarle la muñeca una vez más, en aquella ocasión para colocarla de nuevo sobre él. Ailsa dejó que Jake le colocara ambas manos sobre las caderas y que la poseyera de nuevo. En aquella ocasión, él no mostró contención alguna. La volvió loca de placer, tanto como es posible en una mujer...

Nochebuena, en casa de Tilda Larsen

Saskia estaba ayudando a su madre a poner la mesa para cenar. Se esperaba la asistencia de varios miembros de la familia Larsen y de algunos amigos, por lo que la casa estaba más hermosa que nunca. Había velas encendidas en los alféizares de todas las ventanas, exquisitos jarrones de cristal con hermosas flores por todas las superficies disponibles. El ambiente era alegre y festivo. Había vuelto a nevar, pero no excesivamente, por lo que no impediría a los invitados llegar hasta allí. No obstante, la capa de nieve era adecuada y suficiente para darle al paisaje que rodeaba la casa un aspecto completamente mágico.

El delicioso aroma a pato asado que salía de la cocina hizo que Ailsa se diera cuenta de lo hambrienta que estaba. El cuerpo se le caldeó al pensar que, durante los últimos días, Jake y ella ni habían cocinado ni habían comido demasiado. Afortunadamente, él le había dado a Magdalena unos días libres tras insistirle a la preocupada ama de llaves que estarían bien.

El sentimiento de bienestar que Ailsa experimentaba le hacía suspirar de satisfacción y sonreír cada vez que recordaba la razón por la que se sentía tan bien. Tenía la sensación de que algo maravilloso iba a pasar y no se debía solo a que estuvieran en la parte del año más mágica. Cada vez que miraba a Jake, veía que él también lo sentía. Los dos tenían sorpresas en la manga, pero no las revelarían hasta más tarde.

–¿Crees que Papá Noel me traerá una sorpresa, mamá? Me refiero a algo que en realidad no espero...

–¿Te refieres a otro póster de ese actor que tan loca te vuelve? –le preguntó Jake mientras la agarraba cariñosamente por los hombros y le daba un beso en lo alto de la cabeza.

Saskia se ruborizó.

–No me vuelve loca él, papá. Solo me gustan las películas en las que sale.

–Tu padre solo te está tomando el pelo, cielo –dijo Ailsa mientras terminaba de doblar la última servilleta. Luego, sonrió al padre y a la niña, las dos personas a las que más amaba–. Estoy segura de que vas a tener muchas sorpresas.

–Quiero estar muy guapa para cenar, así que me voy a mi habitación a cambiarme. La abuela me ha comprado el vestido rojo más bonito del mundo y me lo quiero poner.

–¿Quieres que te ayude, cielo?

–No, mamá. Ya soy mayor y no necesito ayuda. Volveré enseguida –prometió la niña mientras sonreía a sus padres.

Jake y Ailsa volvieron a quedarse solos. Tras examinar la mesa por última vez y asegurarse de que todo estaba perfecto, ella sintió cómo Jake se acercaba y le daba un beso en la nuca. Entonces, él le rodeó la cintura con los brazos y la estrechó con fuerza contra su cuerpo.

–Estás muy guapa...

–Tú tampoco estás mal. De hecho, estás para comerte...

–¿De verdad? Tal vez me puedas demostrar eso más tarde.

–Si me sigues diciendo esas cosas tan provocativas, no podré ir a ayudar a tu madre en la cocina.

–Te aseguro que lo comprenderá –replicó Jake con una incorregible sonrisa–. Está encantada porque volvemos a estar juntos. Por supuesto, nos guardará el secreto hasta que se lo digamos a Saskia. Ahora, hay algo más sobre lo que me gustaría hablarte. Vayamos a sentarnos unos minutos antes de que lleguen los invitados, ¿te parece?

–No es que no quiera hablar contigo, Jake, pero me preocupa dejar a Tila sola en la cocina sin ayuda durante demasiado tiempo.

–¿Por qué? ¿Es que no sabes que la mayor ayuda que podemos darle es que los dos volvamos a ser felices?

–Está bien, pero solo unos minutos. Ya tendremos tiempo de sobra esta noche cuando nos vayamos a la cama.

–Confía en mí si te digo que hablar no es exactamente lo que tenía planeado para cuando nos vayamos a la cama esta noche...

Ailsa se ruborizó, pero no protestó. Siguió a Jake a través del comedor hasta llegar a un suntuoso sofá decorado con varios cojines de seda.

–He estado pensando dónde vamos a vivir cuando nos volvamos a casar... me refiero a nuestra residencia principal. Sé que te encanta tu casa, pero llevo un tiempo pensando en establecerme en Londres. La sede de Copenhague va sobre ruedas y aquí tengo personas de confianza. Sin embargo, tu casa está demasiado lejos de la ciudad y no quiero que vivamos separados. Por lo tanto, me estaba preguntando qué te parece mudarte al ático que tengo en Westminster durante un tiempo, hasta que podamos encontrar algo más adecuado. Ya le he pedido a mi secretaria que empiece a buscar. ¿Qué te parece?

—Me parece bien.

—En cuanto a tu negocio, puedes funcionar *online* hasta que encuentres un local en Londres o puedas habilitar una zona de nuestra nueva casa para que puedas trabajar desde allí si así lo prefieres.

—He dicho que sí, Jake. Estoy de acuerdo.

—¿Así de fácil? ¿No tienes nada que objetar a nada de lo que te he dicho?

—En estos momentos —dijo ella mientras le agarraba con fuerza una mano—, sería capaz de ir al fin del mundo si eso significara que podría estar contigo, Jake. Mi negocio no es mi prioridad. Lo es mi familia. Saskia y tú. Mientras los tres podamos estar juntos, lo demás no me importa. Como te dije antes, ya no tengo dudas. Solo esperanzas.

—Si bebiera vino, brindaría por eso —susurró Jake.

—¿Y qué tiene de malo el zumo de naranja? —replicó ella.

Al final de la cena, Jake se dispuso a realizar el brindis que llevaba todo el día deseando hacer. Tenía a Ailsa a su derecha y a Saskia a su izquierda. La pequeña tomó una cucharilla y comenzó a golpear suavemente su vaso para que todos los presentes le prestaran atención a su padre.

–Que escuche todo el mundo... Mi papá quiere decir algo muy importante.

Jake le dio un beso y se levantó. Tomó su copa y miró a todos los invitados.

–Tradicionalmente, la Navidad es una época del año muy especial para todos. Aunque perdí a mi padre hace tan solo seis meses, estoy seguro de que a él no le molestaría que yo dijera que este día es más especial que nunca. Mi adorada Ailsa ha accedido a volver a casarse conmigo.

–¡Me habéis dado mi sorpresa! –exclamó Saskia poniéndose de pie para abrazar a su padre y luego a su madre–. ¡Gracias! Es el mejor regalo que podría tener nunca...

Todos los presentes comenzaron a aplaudir y a lanzar vítores. Abrumado prácticamente por la emoción, Jake tomó la mano de Ailsa e hizo que ella se levantara también. Entonces, levantó su copa y realizó el brindis que tanto anhelaba hacer.

–Por Ailsa, el amor de mi vida. Me has devuelto la vida y me has hecho más feliz de lo que tal vez me merezco. Espero que jamás te lamentes de haber vuelto conmigo. Me esforzaré todos los días para asegurarme de que siempre creas que tu decisión fue la correcta.

–No tienes que hacer nada más que ser el hombre maravilloso que ya eres, Jake. Tú también me has devuelto la vida –susurró ella muy emocionada.

Entonces, allí, delante de familia y amigos, Jake la besó apasionadamente...

Mientras recogían cuidadosamente las fotografías que se iban a llevar a Westminster, Ailsa levantó una de las últimas que habían colocado sobre la chimenea y suspiró. Era una muy bonita de Jake y ella, tomada hacía dos semanas, en el día de su segunda boda. Había sido una sencilla boda civil, nada como la imponente boda de la que habían disfrutado cuando se casaron por primera vez hacía casi diez años. Sin embargo, había sido el mejor día de su vida.

Envolvió cuidadosamente la foto y la colocó en la caja que había estado preparando. Entonces, se miró el precioso anillo de diamantes que llevaba en el dedo. Era la señora Larsen una vez más. Casi no se lo podía creer.

Todos estaban viviendo en la casa de Ailsa hasta que pudieran mudarse a Westminster. En realidad, no iban a alojarse en la gran ciudad durante mucho tiempo dado que la secretaria de Jake ya les había encontrado una maravillosa casa junto al río en Windsor.

Tras terminar de empaquetar la caja, se dirigió a la cocina para preparar la cena. Comprobó los ingredientes para la cena de aquella noche y se frotó el vientre. De repente, había sentido náuseas en la boca del estómago. Sentía unas fuertes ganas de vomitar.

Se sentó y, sin dejar de frotarse el vientre, se puso a calcular. Llevaba ya varios días con aquellas desagradables náuseas. Al principio, había pensado que había contraído algún virus o que tal vez eran los nervios por los cambios que se estaban produciendo tan rápidamente en su vida. Entonces, en aquel mismo instante, se dio cuenta de que no había tenido aún el periodo...

Se levantó de la silla como movida por un resorte y comenzó a andar por la cocina. No podía ser... Era imposible...

Rápidamente, subió las escaleras para dirigirse a su dormitorio. De uno de los cajones de la cómoda, sacó el informe del hospital en el que había estado ingresada después del accidente. Se sentó en la cama y sacó el informe que solo había leído en una ocasión. Su contenido era demasiado devastador para leerlo, pero se obligó a hacerlo. El corazón le latía con fuerza en el pecho.

Con sorpresa e incredulidad, vio una frase que destacaba por encima de todas las demás: *Es poco probable que la señora Larsen vuelva a quedarse embarazada y a llevar la gestación a término*. «Poco probable» no quería decir que fuera imposible. Es decir, había una posibilidad.

No se lo podía creer. ¿Por qué no se había fijado en aquellas dos palabras antes? ¿Por qué llevaba años creyendo que no podría volver a engendrar un hijo?

Rápidamente fue a la habitación de Saskia y le dijo que tenían que ir las dos a la ciudad porque necesitaba comprar algo en la farmacia.

—¿Pero no va a regresar pronto papá?

—Podemos ir y volver antes de que él llegue a casa. Vamos, hija, date prisa.

Aproximadamente una hora más tarde, Ailsa estaba en el cuarto de baño retocándose el lápiz de labios cuando oyó que Jake abría la puerta. Se había puesto unos elegantes pantalones negros y una blusa color crema. Se había cepillado el cabello tantas veces que le relucía. Estaba muy nerviosa.

Cuando bajó la escalera, se encontró a su esposo esperándola con un hermoso ramo de flores en la mano.

—Vaya, vaya... Esta noche está usted muy guapa, señora Larsen. ¿Se ha vestido así especialmente para mí?

—Claro que sí. Y esas flores son muy bonitas. ¿Son para mí?

—Por supuesto, pero primero quiero darte un beso.

Segundos más tarde, cuando terminaron de besarse, Ailsa dio un paso atrás para poder hablar.

—Las flores son una bonita sorpresa y da la casualidad de que yo también tengo una agradable sorpresa para ti.

—¿Sí?

–Sí.

–Vaya. ¿Y me lo vas a decir ya o acaso piensas tenerme aquí de pie toda la noche con el suspense?

Ailsa respiró profundamente. Quería saborear cada momento del instante en el que compartiera una noticia tan deseada con su esposo. Sabía que aquello quedaría grabado en sus corazones para siempre.

–Estoy embarazada.

–¿Qué has dicho?

–Que estoy embarazada. Por increíble que parezca, estoy embarazada. Ya me he hecho la prueba y todo.

–Pero... pero ¿cómo?

–¿Me vas a hacer ahora que te explique lo de las abejas y las flores, Jake? –bromeó ella.

Jake la miró durante unos instantes. No se podía creer lo que acababa de escuchar. Era como si no se atreviera a creer que lo que ella acababa de decirle pudiera ser verdad.

–He vuelto a leer el informe que me dieron en el hospital después del accidente y dice que es «poco probable» que pueda volver a tener hijos y que lleve a término un embarazo, pero no que sea imposible. Jamás me fijé en esa parte tan importante, Jake. Durante todos estos años, creí que no podría volver a tener otro hijo y no era cierto... ¡No era cierto!

–No quiero que arriesgues tu vida por tener otro hijo, Ailsa. Pensar que podría perderte me deja paralizado.

–Te prometo que no voy a arriesgar la vida, te lo prometo. Iré a ver al médico en cuanto sea posible. Me haré todas las pruebas y haré todo lo que me digan para aumentar las posibilidades de tener un niño sano y un parto sin problemas. ¿Qué me dices a eso?

Ella contuvo el aliento al ver que Jake no respondía.

–¿Crees que es demasiado pronto? ¿Crees que deberíamos esperar un poco más para tener otro hijo?

Justo cuando Ailsa había comenzado a perder la esperanza, los maravillosos labios de Jake formaron la más deslumbrante de las sonrisas.

–¡Es estupendo! Mañana me tomaré el día libre e iremos a ver al mejor tocólogo que pueda encontrar. Tendrás los mejores cuidados, el mejor tratamiento que pueda existir. Y no creo que debamos esperar más tiempo para tener otro bebé... ¿Estás loca? Dios santo, Ailsa, ¿qué he hecho yo para merecerme un milagro como este?

Jake volvió a tomarla entre sus brazos y la estrechó con fuerza, como si no quisiera volver a soltarla. Todo saldría bien. Ailsa estaba segura de ello. Estaba con el hombre que amaba. Fuera lo que fuera lo que el destino les tenía reservado, se enfrentarían a ello con valentía y con esperanza. Y lo harían siempre juntos. Unidos como si fueran solo uno...

Bianca

El poderoso magnate nunca había mezclado los negocios con el placer... hasta ese momento

Desde el momento en que, en una discoteca de Londres, Alicia Teller tropezó y cayó en los brazos de Nikolai Korovin, el control férreo que ejercía sobre sí misma comenzó a debilitarse. La noche de pura pasión que pasaron juntos no iba a repetirse, por lo que Alicia se quedó horrorizada al entrar en el salón de actos, el lunes por la mañana, y reconocer unos ojos que la miraban.

Nikolai perdió la compostura al verla. Alicia había llenado su fría y oscura vida de color, y sus fascinantes curvas le distraían de su deber.

Algo más que su jefe

Caitlin Crews

Acepte 2 de nuestras mejores novelas de amor GRATIS

¡Y reciba un regalo sorpresa!

LA CULPA FUE DEL BIQUINI

NATALIE ANDERSON

Mya Campbell se probó un biquini ridículamente pequeño y se hizo una fotografía para mandársela a su mejor amiga y compartir una broma privada. Pero se la envió por error al hermano de su amiga, el exitoso abogado Brad Davenport.

Brad era alto, moreno y no tenía el menor interés en la gente obsesionada con el trabajo. Mya no salía con nadie porque estaba demasiado ocupada como para tener citas. Sin embargo, cuando Brad descubrió una faceta de Mya que desconocía, seducirla se convirtió en su principal objetivo.

Cómo conseguir la atención
de un hombre sin buscarla

**Era un despiadado e implacable millonario...
acostumbrado a negociar**

La modelo y heredera Angelique Marchand estaba furiosa. El famoso playboy Remy Caffarelli, increíblemente guapo y arrogante, le había arrebatado la mansión escocesa de su madre ganándola en una partida de cartas.

Angelique logró localizarlo en Oriente Medio y decidió enfrentarse a él y reclamar lo que era suyo por derecho, pero, cuando los encontraron en la habitación de su hotel, los dos enemigos se vieron forzados a contraer matrimonio.

Y, sorprendentemente, en lugar de anular la boda, Remy quiso explotar su matrimonio por negocios... y por placer.

Una proposición forzada

Melanie Milburne

[7]